青春文学精品集萃

快乐是恢宏的交响曲

《语文报》编写组　选编

时代文艺出版社

图书在版编目（CIP）数据

快乐是恢宏的交响曲 /《语文报》编写组选编. --长春：时代文艺出版社, 2022.3
（青春文学精品集萃丛书. 快乐系列）
ISBN 978-7-5387-6962-3

Ⅰ. ①快… Ⅱ. ①语… Ⅲ. ①散文集－中国－当代 Ⅳ. ①I267

中国版本图书馆CIP数据核字(2022)第021209号

快乐是恢宏的交响曲
KUAILE SHI HUIHONG DE JIAOXIANGQU
《语文报》编写组　选编

| 出 品 人：陈　琛 |
| 责任编辑：余嘉莹 |
| 装帧设计：任　奕 |
| 排版制作：隋淑凤 |

出版发行：时代文艺出版社
地　　址：长春市福祉大路5788号　龙腾国际大厦A座15层　（130118）
电　　话：0431-81629751（总编办）　0431-81629755（发行部）
官方微博：weibo.com/tlapress
开　　本：650mm×910mm　1/16
字　　数：135千字
印　　张：11
印　　刷：永清县晔盛亚胶印有限公司
版　　次：2022年3月第1版
印　　次：2022年3月第1次印刷
定　　价：38.00元

图书如有印装错误　请寄回印厂调换

编 委 会

主　　编：刘应伦
编　　委：刘应伦　赵　静　李音霞
　　　　　郭　斐　刘瑞霞　王素红
　　　　　金星闪　周　起　华晓隽
　　　　　何发祥　朱晓东　陈　颖
　　　　　段岩霞　刘学强

本册主编：刘新明　林　雨

Contents 目录

恋上你的风华绝代

你的美温暖我的心 / 沈 丽　002
外婆会"微"啦 / 谭灿然　004
变 / 张文奇　006
我的爸爸爱养鱼 / 李子轩　008
神奇的捕虫草 / 杨 恒　011
我们的妈妈 / 赵蕊蕊　013
恋上你的绝代风华 / 林昕瑶　015
无可取代的你 / 马英琪　017
假期综合征 / 李宗翰　020
钥匙 / 张乐听　022
玩伴 / 蒋佳丽　024
记忆中的味道 / 林昌锦　026

想念有时就像一场梦

疯狂美食节 / 陈莉灵　030

快乐是恢宏的交响曲

护蛋行动 / 鲁心羽 032
种蒜记 / 韩胜轩 034
鲜花的背后 / 殷佳雨 037
我的左手便是您的右手 / 周 颖 039
我是"管水员" / 邱新月 041
马桶个唱 / 郭嘉其 043
钥匙风波 / 齐天意 045
我给爷爷奶奶发压岁钱 / 郝 可 047
想念有时就像一场梦 / 易明明 049
伞下的晴天 / 俞心铭 051
我学包饺子 / 赵事兴 054
"笑神"希希 / 李昌镐 056
水汪的那些四季 / 张晓晨 058
捞鱼 / 莫小贝 060

采风五部曲

中秋月儿圆 / 陈 华 064
餐桌变迁 / 史王从 066
生活的另一面 / 陈意涵 068
我们这个年龄 / 丁子阳 070
妈妈和我谈作业 / 韩靓纯 072
曲靖韭菜花 / 徐浩洋 074
采风五部曲 / 卢晓怡 076
不该丢失的友情 / 顾齐惠 080

父亲我想对您说 / 陈海钦 082
久违的童心 / 宋星城 084
春叶里的秘密 / 范颖楠 086
你为我种下春天 / 李剑红 088
我们班的劳动委员 / 方　颖 090
酸甜苦辣话考试 / 董豪先 092
别样的严冬 / 项玉婷 094
父爱，触动了我的心 / 何　英 096

太辣金星就是我

秋天的信使 / 岳宗轩 100
雨 / 陆吴浩 102
游古文化街 / 付　昊 104
假如我是一缕阳光 / 郝翰文 106
太辣金星就是我 / 胡谕璇 108
永远的珍藏 / 孟平蕴 110
走进敬老院 / 王逸泉 112
窗里窗外 / 吕政仪 114
妈，情人节快乐 / 卢子睿 116
就听你的 / 吴淑凝 118
我家的"丁老肥" / 杜治潘 120
一切都是最好的安排 / 姚蒙蒙 122
揭开老爸的职业面纱 / 袁皓珏 125
牙仙子的礼物 / 秦瑞阳 127

快乐是恢宏的交响曲

讨厌的小斌子 / 姚 静 129
难忘的笑容 / 周 涛 131
全员拔河中 / 李江山 133
家乡的红枣 / 韩雯雯 135

车窗上的精灵

春到中央生态公园 / 陈睿童 138
节日里的精彩 / 邹予涵 140
当了一回"工程师" / 邵志明 143
我教金鱼学本领 / 梅静思 145
捕鼠记 / 李一诺 147
再见了，画板 / 薛佳凝 149
难忘那次溺水 / 孙鹏晓 151
在琴声中成长 / 沈雯锦 153
今儿真高兴 / 李 波 155
心中的阳光 / 靳双鑫 157
冰糖化了 / 赵乐薇 159
左边的爱 / 任 研 161
背影 / 施金宇 163
车窗上的精灵 / 唐家和 165
我为猪笼草改名字 / 刘泽亮 167

恋上你的风华绝代

你的美温暖我的心

沈 丽

萧瑟的风吹过我的脸颊,我不禁打了个寒战。我背着书包站在公交站台上,抓紧了栏杆,往回缩了缩身子。

我把衣服紧了又紧,环顾四周,有的人在玩手机,有的人正闭目养神,有的人紧盯着车来的方向……风更加放肆,我的脚站得发麻,不争气的泪水在眼眶中打转。

突然,一双手轻柔地拍了拍我的肩膀:"小姑娘,你冷吗?坐到那儿去吧!"许多人齐刷刷地转过头来,我的脸一下红了:"哦,叔叔,我不冷,您自己坐吧,我站着习惯了。"

"你坐吧,我坐得腿都发麻了。"陌生的叔叔不由分说地把我推到座位上,让我坐下。我极力克制着内心的激动,不好意思地说了声"谢谢"。车站恢复安静。我仰头看天,不知何时放晴了,光芒笼罩着站台上的每一处。我悄悄地看了看那位叔叔,他正眺望着远方。

又过一会儿,车来了。我冲到车前,刚想踏上,却被身后一股力量猛地一推,不由自主地往旁边倒去,膝盖磕到了石板上,疼痛使我难以站起来。我抓着栏杆,一点点挪到台阶前,慢慢坐下来。我卷起裤管，破了皮的伤口狰狞地看着我，我不知所措，禁不住流下眼泪。朦胧中，一张纸巾出现在我眼前。我抬起头，又是那张熟悉的笑脸，又是那位陌生又似乎非常熟悉的叔叔。

他扶着我上了车，最后一排还有一个座位，叔叔把我扶到空位边。我连声道谢，叔叔依旧是那张温暖的笑颜。汽车行驶着，叔叔拉着扶手，站在我的前方，默默凝视着窗外……我仰起头看着他，心里瞬间平静了下来，腿上的疼痛也减轻了许多。

陌生的叔叔，您的善良，您的热情，您的助人之举，是这个冬天最温暖的太阳！

外婆会"微"啦

谭灿然

我的外婆平时很"宅",除了出门锻炼身体,就是在家看电视。她有时也上网,不过也就是看看广场舞的视频或者电视剧,从来不玩游戏,不和别人聊八卦。但是最近,我发现外婆变了,变得神秘,也变得啰唆了。当然,这主要是针对我们家人,比如大舅、小舅、大姨来电话,临到说再见了,她总不忘加上一句"记住,要'微'我呀",搞得外婆的儿女们一愣一愣的,这老太太,是要"微"什么呀?

哈哈,外婆会"微"了,这都是我大表哥的功劳。

我的大表哥研究生毕业,年初时,找到一份非常满意的高薪工作。他荣归故里的时候,看到我的外婆——也就是他的奶奶还在用着过时的旧手机,很是为老人家叫屈,说这是什么时代了,老人也应该追求并享受时尚和高科技的成果啊!大表哥开始做外婆的工作,教外婆使用智能手机。外婆起先不肯,认为自己年纪大了,不想学年轻人赶时髦。我大表哥有办法,抓住我外婆的弱点,对着外婆历数智能手机的好处,其中最大的好处就是智能手机可以"微"——对话不要钱,特别方便快捷。

不要钱？！倡导节俭的外婆一下子就动心了。于是大表哥迅速网购了一部智能手机，耐心地教我外婆"微"。过程省略不表，总之，我外婆学会了"微"——也就是微信。

大表哥将复杂的问题尽量简单化，加微信的都是亲友团，至于微信"摇一摇"等其他功能，外婆不用掌握那么多的。

不用说，既然外婆会"微"了，外婆的儿女们必须跟着会"微"，要不，外婆会"微"就没有多大意义了。

好了，外婆现在神气了，动不动来一句："喂，有事你'微'我吧！"手机在外婆手里，就像一个对讲机，外婆按住一个键，开始发号施令："喂，闺女，来的时候顺便给我带一把葱，我要包饺子。""臭小子，晚上来吃饭吧，奶奶做了你最爱吃的……"

外婆的听力有些弱，微信的重复回放功能帮了外婆的大忙，一遍没听清楚，就再听一遍。遇到哪个晚辈说了哄老人家高兴的知心话，老太太美滋滋的，那个乐呀，逮着谁就放给谁听。

啊，外婆会"微"啦，这真是一件可喜可贺的新鲜事！

变

张文奇

"有一种绝活既神奇又好看,活脱脱一副面孔,热辣辣一丝震颤,那就是舞台上的川剧。"

一曲《变脸》唱遍五湖四海,更唱进了我们的心里。

小时候,姥爷经常带我去看戏。只要一看到"变脸",不老实的我就会安静下来。不管棉花糖的味儿有多甜,卖烤地瓜的人吆喝得有多响,我都只顾着仔细地看、认真地听……

奶奶告诉我,她小时候没有动画片可看,因为他们那时候没有电视机。那时候,他们唯一的乐趣就是听大人唱戏。一家人躲在小小的"地下房"里,小孩子听大人唱,边听边做鬼脸——这也是"变脸"。

以前,妈妈经常带我回老家。我们蹚水过溪时,鱼儿在脚趾间穿梭。溪水清澈,一眼便能看见溪底的小石子和泥沙。我们在水中嬉戏,鱼儿也不怕。

"面孔说变就变,眼睛一眨,不过瞬息之间。"

现在,我长大了,人在变,事在变,许多东西都在变。

我陪姥爷在家看戏,看"变脸",我依旧那样沉醉,那样着迷，不过，环境不再拥挤，不再喧闹，我们想暂停就暂停，想回放就回放，想看多少遍都可以。姥爷笑着说："变啦！"

从前，我听奶奶讲故事；现在，我给奶奶讲故事。奶奶也笑着说："变啦！"

现在，我和妈妈回老家，还是那条小路，还是那条小溪。但路不再是土路，而是水泥路；我们不再光脚蹚过河，而是走桥过河。小草房不见了，变成了楼房。大家都说："变啦！"

"变出个赤橙黄绿青紫蓝，变出个英雄豪杰奇争先，变出个巴蜀儿女同心干，变出个中华民族气象万千……"

我的爸爸爱养鱼

李子轩

自从搬到新家,爸爸的业余时间几乎都花在养鱼上:买鱼苗,栽水草,清鱼缸。可以说,养鱼成了爸爸生活中不可缺少的部分。

每天下班回家,劳累了一天的爸爸总会在第一时间给小鱼换水、喂食、供氧、清洗过滤布,一样不落。

瞧,爸爸又忙开啦!只见他一手搬着高脚凳,一手拿着夹子,袖子挽得老高。"嘿,儿子,帮我把客厅大灯开一下!"见我走过,爸爸顺便使唤起我来。"爸,您又要干什么呀?"我好奇地凑近细看。"鱼缸里的水草被小鱼叼起来了,我处理一下。"爸爸头也不回地答道。

爸爸站上高脚凳,打开鱼缸上面的"门",果然,几株水草漂浮在水面上。爸爸拿起夹子,轻轻地夹住一根水草的根部,小心翼翼地插进鱼缸底部的沙石缝里,接着再夹,再插进去……

"有这么费劲儿吗?"一旁的我看得着急,"插进去不就可以了吗?干吗还要拔出来重新插?"爸爸不紧不慢地说:"儿子,不急,动作太大会吓着小鱼的,再说,用力过度会伤着水草，也就长不快了！"我听了半信半疑。

水草整理完毕，爸爸又举起网兜，在鱼缸里轻轻地、一圈又一圈地搜集残留物：食物残渣、叶片、小鱼排泄物……好一会儿，鱼缸上边的"门"才盖上。

看着鱼儿快活地穿梭在绿色的水草间，爸爸欣慰地笑了。"来，儿子，看看，现在鱼缸里的鱼是不是精神多啦？"说着，爸爸一把抱起我，生怕我看不见似的。

爸爸就是这样，细心照看着他的小鱼，呵护着他的小鱼。他和小鱼还结下了深厚的情谊呢！

"爸，快来吃饭喽！"我冲着客厅喊，等着爸爸过来一起吃饭。"稍等片刻，我喂完小鱼就来！"只见爸爸一手端着鱼食，一手拿着勺子，"当当当"，勺子在鱼缸壁上敲了几下，接着呼唤："小家伙，快来，该吃饭了！""哼，小鱼又不是人，它哪会听得懂人话呢？"我心想。不料，缸里的鱼儿竟像听懂爸爸的话似的，立马调转方向，朝爸爸游来。它们摇着头，张着嘴，不时地吐着泡泡，好像在说："主人，我就知道你给我们送美食来啦！快，快，我们都准备好了！"咦？真是神了！难道爸爸有什么特异功能？我放下筷子，趴到鱼缸边观看。爸爸撒下鱼食，鱼儿蜂拥而上。眨眼间，鱼食全进了它们的肚子。爸爸再撒，小鱼再抢。终于，鱼儿悠哉悠哉地摆着尾巴，不抢了，应该是吃饱了吧！瞧，它们还游到爸爸跟前，隔着玻璃冲爸爸吐泡泡呢！

"为什么鱼儿会这么听您的话呢？"我一脸诧异。"鱼是我养的，当然听我的话了！"爸爸笑着拍拍胸膛，一脸的自豪。

对爸爸来说，自己可以少吃一顿饭，可每天喂鱼是雷打不动。出门旅游那几天，爸爸总是放心不下他的小鱼，电话里一遍又一遍地交代奶奶："现在该喂鱼啦！""今天鱼缸加温了吗？"……我想，若是家里不养鱼，爸爸该多么轻松呀！可是，又会少多少乐趣呀！

　　这就是我的爸爸——一个酷爱养鱼的人。我打心眼里喜欢和敬佩我的爸爸！

神奇的捕虫草

杨 恒

我家附近的小区里有一片草丛，有一次我深入草丛，竟有奇迹般的发现。

我在草丛里发现了一种奇怪的东西，我甚至不清楚它是植物还是动物。说它是植物，它却会动；说它是动物，它却不会行走。研究了半天，才得出结论：它是一种我从没见过的怪草。仔细一看，它的头很大，像一个河蚌，还张开着大大的嘴巴，嘴边长着很多硬刺。这张大嘴外面是嫩绿色的，里面是绛红色的，色彩艳丽，大嘴里面好似铺了一片柔软的海绵床，床上还布满了诱人的花粉，不时溢出淡淡的清香。它这副尊容让我联想到恐怖的食人花，不过食人花是个大块头，它却小得微不足道：头只有我的拳头大小，高度嘛，我掏出随身带的尺子量了一下，大概有十五厘米，相当于一支自动笔的长度。

我立刻跑回家中，捧出我心爱的《植物世界》，来到怪草的身旁，指望能从书上找到这株怪草。突然，我眼睛一亮，书上还真出现了类似这株植物的身影，仔细对比，一模一样。原来这怪草叫"捕虫草"，它专门捕食虫子，一旦有虫子进入了它的捕食范围，它艳丽的花朵、诱人的香味就发挥作用了，虫子怎么也挡不住这般诱惑，乖乖进入了它的"伏击圈"——它那张怪异的大嘴巴。此时，它就会像雷达一样紧紧锁定目标，留意目标的一举一动，等到最佳机会，它便以迅雷不及掩耳之势拉下"闸门"，可怜的虫子也就无法脱身了。捕虫草的"嘴"能分泌一种酸液，慢慢把虫子消化掉。据说它触觉敏锐，落入它嘴中的如果不是虫子它绝不会扑咬。

　　正值夏天，蚊子特多，我就找来一个空花盆，装上土，把捕虫草连根拔起，移入花盆带回了家。还别说，家里蚊子少了很多呢！我想，大多蚊子都成了它的盘中餐了吧！

我们的妈妈

赵蕊蕊

天，因为有了阳光，所以很蓝；地，因为有了植物，所以很绿；世界，因为有了爱，所以才美；我们，因为有了许老师的爱，所以才会茁壮成长。

那是一个让我们全班都终生难忘的下午。记得那是周一下午第一节课课间，我们班的捣蛋鬼——徐小明正和几个同学一起玩耍。上课铃"丁零零"响了，几个男同学吆喝着："打赌，看谁先到教室。"一群男生不约而同地一拥而上冲向楼道。徐小明冲到最前面骄傲地喊："我第一！"话音未落，只听"哎哟"一声惨叫，其中还夹杂着"刺啦"的玻璃碎掉的声音。原来徐小明因为用力过猛，把门上的玻璃撞碎了。

刹那间，只见徐小明手臂上的鲜血顿时如流水般地涌了出来，吓得跟前的几个女同学尖叫起来。周围立刻乱成了一团，有人说要打110，有人说不对，应该打120，还有人嚷嚷着叫班主任。还好机灵鬼林泽和海力赶紧把自己的红领巾及时解了下来，牢牢地系在了他的手臂上，然后急忙搀扶着他来到教室。

"怎么回事？快去医院！"谢天谢地，也就一秒钟的时间，许老师就从讲桌前冲到了教室门前,用手死死地卡住他的手腕,拽着他就往外跑。边跑边喊:"快!把我的包拿上。"许老师一边发出命令,一边搀扶着徐小明跑了出去。

司机停了车。然而,当他看到血流一地的徐小明时,有些犹豫了。"师傅,快开车门,这是救命啊!""可是,我的车……""什么你的车,人命关天哪!"许老师用颤抖得近乎沙哑的声音喊道。一路上,许老师一直在对徐小明讲话,生怕他昏迷过去。很快,车子开到了最近的四师医院。一检查,才发现玻璃把徐小明的动脉和静脉血管都割破了,难怪血流得那么多,怎么也止不住。"这孩子得立即手术!快去办手续吧!"医生说。"你们先做手术行不?我一会儿去办。"许老师说。"好,那就先急救,先去签字吧。""好,我签,再等家长怕是来不及了。求求您了医生,我怕这孩子失血过多……"许老师一急,眼睛都湿润了。"好,手术。请尽快通知家长。"

徐小明终于被推进了手术室,许老师稍稍舒了一口气。这时许老师才发现自己这大冷的天只穿了一件薄毛衣,上面已沾满了斑斑血迹。许老师不敢有半点儿耽误,赶紧与徐小明的父母联系。一个半小时的手术时间是漫长而又煎熬的,许老师一直守护在手术室门外,一刻也没离开过。她的视线、她的思绪、她的心跳都随着手术室的指示灯起伏着。

手术室的灯灭了。当医生将徐小明从手术室缓缓推出来时,许老师看见他平安的样子,悬着的心终于落了下来。她这时才想起自己上一年级的儿子还在学校没人管……

许老师,请您允许我们叫您一声"妈妈",您就像妈妈一样为我们日夜操劳,无微不至地呵护我们;是您给了我们最真诚最贴心的关怀。您的爱就像阳光,无私地照耀着我们,让我们茁壮成长。谢谢您,我最亲爱的妈妈——许老师。

恋上你的绝代风华

林昕瑶

你是温婉大方的江南女子，九曲溪是你纤纤玉指之下的那一尾古琴；你是孑然一身的侠客，天游峰是你肩上那把锋芒毕露的孤剑；你是倾国倾城的桃李佳人，玉女峰是你云鬟上那一支精雕细琢的玉簪；你是从金戈铁马中走出的一代君王，大王峰是你君临天下的塑像。你——便是令我魂牵梦萦的武夷山。

"插花临水一奇峰，玉骨冰肌处女容。"秀丽的玉女峰倚着蜿蜒的九曲溪拔地而起，十多丈高，宛若高挑而绰约的妙龄少女。玉女峰四面都是石壁，光滑的石壁是仙女的冰肌玉骨，光洁如玉，吹弹可破。你看那峰顶上的点点新绿，绿得怡人，绿得灵动，莫不是仙女的缕缕青丝吧？

若将玉女峰比作窈窕淑女，那么大王峰定是驰骋天下的君王。雄壮的大王峰形同硕大的乌纱帽，亦名"纱帽岩"。大王峰让人于恍惚间感受到它那逼人的气势，如不可一世的天子。大王峰散发着它独有的王者风范，而嶙峋的怪石、兀立的山峰更是给它平添了一股英武豪迈之气。

大王峰独耸山头，雄姿巍巍；玉女峰伫立水畔，秀色亭亭，大王、玉女，东西分立，九曲溪前泪眼相望，情也悠悠，恨也悠悠。相传大王峰原是一位勇敢有为的青年，而玉女峰则是下凡的仙女。有一日仙女私自下凡来到了武夷山，与大王一见钟情。不久他们的事就被玉帝知道了，玉帝就派铁板怪捉拿仙女回天，仙女宁死不从，玉帝只好把他们点化为石，用九曲溪将他俩隔开，从此只得含泪相望。

玉女峰脚下，优柔的九曲溪静静流淌。九曲溪的水是那么柔，似锦缎霓裳。行影照溪边，天在清溪底，明镜般的溪流，倒映着蔚蓝的天空。这水该不会是江南女子的衣袂吧，你看它那么柔，像丝绸般铺散开，轻轻悄悄地漫延开来……

九曲溪的水，不同于黄河那般奔腾、那般雄壮，不像山泉般活泼跳跃。它那样波澜不惊，像藏在深闺中的小家碧玉，不敢高声语，不愿惊扰你，只留下淡淡的气息。

如此旖旎风光，若佳人处子，引得历史上文人墨客接踵而至，就在那一湾溪边，三三两两，搭个小炉子，品茶谈笑，停杯赋诗。精于茶道的侍女用芊芊玉手舀一勺茶叶，轻轻放入瓷杯，褐色的大红袍便是沉睡的精灵。当沸腾的开水缓缓流入杯中，沉寂的茶叶被注入了鲜活的生命，它们翩然起舞，舞姿轻柔妙曼。捧一卷诗书，品一口香茗，方寸灵台之上，茶香萦绕，清香四溢。这一口武夷山大红袍，令人唇齿留香。

武夷山，风景如画，茶香萦绕。蓦然回首，不知不觉，人们便恋上了这个小江南……

无可取代的你

马英琪

> 这些年，我遇见过许多人，聆听过许多教导，但在我的心底，唯有你独一无二，无可取代。
>
> ——题记

胡老师教我时，已四十多岁了，两鬓也早已冒出了不少白发。初看，他除了一双眼睛大而有神之外，并没有什么特别之处，让人觉得他和其他老师并没有什么不同，因此，一开始我都没怎么注意他。

不久，学校举行了一次书法比赛，正是这次比赛，让我开始想要了解这个平淡如水的英语老师。那次书法比赛全校老师都参加了，一开始我以为胡老师肯定拿不到名次，因为他是一名英语老师，不一定写得好书法。我想，他可能连毛笔怎么握都不知道吧！评比结果出来后，带着好奇心，我来到了学校的获奖作品展示栏。第一幅作品就牢牢地吸引住了我，令我驻足不前，这幅作品字体张扬跋扈，丝毫不受束缚，甚至整幅字一笔而下，有如神仙般的飘逸潇洒，我不由得暗自惊叹，再往下看，落款处竟然是——胡斌。看到这个名字，我的嘴巴张得可以塞一个鸭蛋进去了！这么俊逸的毛笔字竟然出自我的英语老师之手，太不可思议了！从此，我不再用平常眼光看待他。

慢慢地，我发现，除了毛笔字写得好，胡老师的英文板书也很漂亮，口语更是极其纯正。而恰好我当时的英语成绩非常糟糕，尽管父母特意给我请了辅导老师，但我的英语成绩却如同冬天里的一沟死水，波澜不起，毫无长进。胡老师一开始也为我伤透了脑筋，后来他想到了一个绝妙的办法——要求我不管课内课外都要和他说英语，说中文他是"听不懂"的。可我却犯了难，我那一口"塑料英语"怎么好意思在同学面前展示呢？特别是在课堂上，我常常因为发音错误或不标准惹得同学们哄堂大笑。作为一个女生，那个场面要多尴尬有多尴尬，让我觉得在同学面前抬不起头，曾因喜欢他的书法而对他产生的"爱屋及乌"的好感渐渐地消失殆尽，我"恨"极了他！

然而，强烈的自尊心使我无法忍受同学们的嘲笑，我开始按胡老师指导的方法拼命学习英语，注重练习口语。很快，我的英语成绩尤其是英语口语有了很大的提高。不知不觉，我不再讨厌英语，也不再讨厌胡老师。学习英语，成为了我的自觉行为，时常让我乐在其中。得益于胡老师的指点，我的发音变得很纯正，我也变得非常自信，走到哪里都说英语，一口标准动听的英语使得身边的赞扬声不绝于耳。

我开始骄傲起来。我瞧不起发音不准的同学，甚至直言他们很笨，我像一只得意的大公鸡，踱着方步，趾高气昂，在学校里四处炫耀我"高超"的英语水平，丝毫不顾忌同学们背后的窃窃私语及指指点点。这件事很快传到了胡老师的耳中，他把我叫到了办公室，语重心长地跟我谈了很多，教导我不要骄傲自满，应该脚踏实地、虚心做人……听了胡老师的一席话,想起曾经无知的自己,我羞愧地流下了眼泪。

从那以后,我不再嘲笑发音不好的同学,而是耐心地地帮助他们纠正口型和发音,在这个过程中,我也学到了很多,英语成绩也更上一层楼了。后来我成了我们班的英语课代表,在胡老师的教导下,我们班的英语成绩也一直名列前茅。

一年前,我因转学离开了原来的学校,不得已和胡老师分开了,我十分不舍。胡老师在我心里的地位是任何老师都取代不了的,他对我的影响已经深入骨髓,他的一言一行时刻鞭策着我不断前行。我永远不会忘记他对我的帮助,我永远不会忘记那张平凡的脸,那个普通的名字——胡斌。

假期综合征

李宗翰

放假了,我们一家人心情愉悦,精神放松,可是这也给我们带来了各种各样的"综合征"。

嗜 睡 症

我千盼万盼,终于盼到了寒假。我就像脱了缰绳的野马,每天和伙伴们玩得不亦乐乎,晚上一躺到床上就进入了梦乡。一天,我昏昏沉沉睡到早上八点多,妈妈那如洪钟般的叫声在我耳边响起,我迷迷糊糊地应了一声,翻了个身,把被子裹紧了点儿,继续睡。不知不觉又睡了几个小时,就这样,我一下睡到了十一点。起来后,我觉得浑身软绵绵的,整个人都无精打采的。接下来几天也一直想睡觉,我以为是生病了,就去找妈妈。妈妈说我这是"假期病",解决的方法就是给自己列一个合理的作息时间表,严格遵守作息时间,慢慢就会好的。

手 机 控

假期让每天忙碌的妈妈得到了大放松。吃完早饭后，她就躺在床上靠着枕头，拿着手机，一会儿玩游戏，一会看视频，一待便是两三个小时，经常看到手机发烫、电量耗尽，就连喝水、吃零食的时间也不会放下手机。我们喊她出去逛街她不去，喊她去看电影也不去，唉，真是个手机控！就这样在床上赖了几天后，她开始头晕，浑身无力。我和爸爸认为不能让她再这样下去，于是帮她找到了治疗办法：每天坚持锻炼身体，多参加活动，除了接电话其余时间不许靠近手机。

莫 贪 杯

过年了，亲朋好友相约在外面聚餐，爸爸也不例外。受到朋友们的邀请，他盛情难却，几乎每天都在饭店吃饭。一吃饭就要喝酒，你敬一杯，他敬一杯，今天喝完，明天继续。爸爸每天都是满脸通红，晕晕乎乎地回家。连续几天下来，他开始牙龈肿痛，胃口全无，浑身发软。为了爸爸的健康，我和妈妈给他制定了治疗办法：每天坚持体育活动，严格控制出去吃饭的次数，饮酒量必须减少。

这就是发生在我们家的"假期综合征"，如果你们家也有类似的症状，也要尽快解决哟。

钥　匙

张乐听

从小学三年级开始,我有了第一把钥匙,并且在以后的生活中陆续有了更多的钥匙。但是,却只有一把钥匙至今乃至未来都无法为其他钥匙所替代。

在上小学三年级的时候,我第一次拿到了自己房门的钥匙。为了保证钥匙不会丢失,我又配了一个钥匙环儿,随时挂在身上。上四年级时,由于父母经常不在家,为了方便出入,我又配了一把家门的钥匙。自此之后,我在家中便出入自如——只要别溜太远即可。五年级时,伴随着父母送我的一辆超酷的灰黑色自行车,我又拥有了自行车锁的钥匙,它与前面两位"桃园三结义",永不分开。到了现在,我拥有的钥匙已经数不胜数了:电脑桌钥匙,衣柜的小柜钥匙、书柜钥匙等,一堆钥匙相继加入了我的钥匙群。这时,钥匙便成了我炫耀的资本,因为它们见证着我成长的每一步,让我自信满满。

有一天,我正在做作业,钥匙被我晃响了,我一看眼前的书本,突然间有了一丝感悟,想到如果我再拥有一把叫作"智慧"的钥匙就更好了。学习,可以积累知识,而知识不正是一把万能的钥匙——"智慧"的源泉吗？人们常说："学好数理化，走遍天下都不怕。"只有好好学习，才能拥有智慧的钥匙，开启智慧之门。其他钥匙只能见证成长的一部分，而只有智慧的钥匙，才能陪伴我走过一生。我忽然想起有一次，我在生活中遇到了一个难题：冰棍为什么会冒气？我绞尽脑汁也想不出个所以然来，便去向父母请教。爸爸神秘一笑，叫我去《十万个为什么》里查。我从书柜里找到它，打开一看才知道，原来冰棍很冷，而外部空气十分温暖，在夏天，冰棍刚拿出冰柜的时候，由于太冷，便向四周吸收热量，四周空气中的水蒸气便凝结成小水滴，但单个小水滴小得看不见，成千上万的水滴便形成了水雾，看起来就像冒气一样。后来，我用这个原理做成了一个"水袋"，把颜料放进去后，一直都没有干裂过。

其实，在人的一生中，知识从来都不会"英雄无用武之地"，一个人，只有不断扩充学识，才能用"智慧"这把钥匙，开启成功的大门。

玩　伴

蒋佳丽

　　从前的欢笑和悲伤都已悄然消逝在旧时的枕边，孩提时眼中瑰丽的红霞被晚归的大雁带走，渐渐地，我的眼中少了些顽皮天真的光彩，而那一道身影却始终在我脑海浮现。当我每次伤心难过的时候，它能给我快乐；当我每次内心脆弱的时候，它能给我安慰；当我每次心灵受伤的时候，它能给我鼓励。我们度过的快乐时光历历在目。

　　它很乖，有着漂亮的深蓝色毛发。蓝汪汪的大眼睛闪闪发光，黑黑的小鼻子配上锋利的牙齿，让人看着就想亲近。它是一只美丽又机智的小狗，虽没有名字，但在我家却有不可替代的地位。时间在渐渐流逝，它曾经给我安慰与快乐，现在只剩下回忆，它陪我走过了多少寒冬腊月，最后只剩回忆的脚印。如果一切能重来，我真希望我能紧紧抓住它，它的走失是我唯一不能释怀的事。无人懂我，只有它能懂我。我每次难过，它都会安静地在旁边陪我，舔净我的伤口。我们的初次相遇很简单，门口一声"汪汪"吸引了很多人的关注。我循着声音，看到一群人正在围观一只狗，狗狗被抛弃了，可怜兮兮地看着我们。因为怕疫病，没人愿意养这只狗。过了一会儿，人群散了，只有我傻傻地愣在那里。我不知吃了什么迷魂汤药，下决心把它带回了家。

　　回家后，在我声嘶力竭的哀求下，爸爸终于答应收养这只无家可归的狗。它爱画画，会把染料水洒在桌上，然后用爪子在纸上一点一滴地渲染。纸张立马五彩缤纷，我喜欢它的作品，它是个优秀的画家。画完画后，它也理所应当地变成"小花猫"，那副模样真是可爱极了！

　　突然有一天，它不见了。在我读五年级的时候，它跟随我来到了学校。放学后，我到处找它，却毫无踪迹。我奔跑回家，家人却说狗狗没有回来，我心急如焚。我边哭边找，我哭得好痛苦，可是它却再也没出现在我的身边。

　　我只希望它能平安，也希望每个人都能善待动物。我小时候的玩伴消失了，我与它的美好回忆却无法消失。

记忆中的味道

林昌锦

细细品味童年,总有那样一种味道萦绕在我的心头,甜甜的,令我无法忘怀。

记得上小学四年级时,我离开三明,去福州开始了为期一年的体校生活。让我开心的是,奶奶家就在福州,于是我被特许每个月末回一次奶奶家。虽然只能在家里待一个晚上,但我依然很开心。平时,奶奶也会抽空来体校看我,每次都会送来一大堆好吃的。当然,我最爱吃的,还是奶奶带来的雪片糕。

第一次看到它,我便不由自主地喜欢上了。一片片雪片糕洁白美丽,轻轻咬上一口,甜甜的,糯糯的,那属于童年的快乐滋味至今让我难以忘怀。眨眼间,一整包雪片糕就剩下那么几片了,而我仍意犹未尽。

之后,奶奶每次来看我都会带雪片糕给我吃。记得冬日里的一天,我早上起床推开窗,便觉寒风呼啸,赶紧穿上一层又一层的衣服,把自己裹得严严实实的。洗漱完毕后,在去食堂的路上,我隐约地看见远处有个身影正一步一步地向我走来。我定睛一看,是奶奶!不会吧!现在才早上七点多啊!从家里到体校,起码要一个多小时的车程，奶奶得多早起来啊！我鼻子一酸，赶紧跑过去，接过大包小包的东西。回到宿舍，奶奶立刻从包里掏出雪片糕，递给我说："这是你最爱吃的。"我接过雪片糕，撕开包装袋，伴着咸咸的眼泪，一片接着一片地吃了起来，内心盈满了暖暖的感动。

我不知道在寒风下，身体不好的奶奶是如何提着这么重的东西赶过来的，我只知道奶奶落在我掌心里的手冷冰冰的，上面还有深深的勒痕。奶奶没有多待，只是嘱咐我要好好照顾自己就离开了。看着寒风中奶奶蹒跚的背影，我的泪水再也忍不住了，顺着脸颊流了下来……

一眨眼，两年过去了。虽然现在见奶奶的次数少了，但我依然记得奶奶送给我的雪片糕。那里面夹杂着爱的味道，甜甜的，怎么吃也不会腻。

想念有时就像一场梦

疯狂美食节

陈莉灵

"现榨的果汁！快来买呀！""满十元就可以抽奖啦！先到先得！""走过路过，不要错过！"……各式各样的叫卖声不绝于耳。可别以为这是菜市场，其实，这是我们学校举行的美食节！

环顾四周，各班的学生、家长和老师正在热火朝天地忙着：有的正在忙乱地装饰摊位；有的正在做美食，炊烟袅袅；有的早已准备就绪，扯着嗓门儿叫卖……好不热闹啊！

瞧！各个摊位都支起了各式各样的帐篷，花花绿绿的，有的还在自己的摊位前拉起了红艳艳的、醒目的横幅，有的还吹了好多气球，红的、白的、绿的，圆形的、条形的……它们组成了各种形状，高高地挂在摊位上。

我顺着各个摊位往前看，首先吸引我的是六（4）班的手绘菜单。漂亮的艺术字，清爽秀丽，合理的编排，让人看着赏心悦目。他们的菜名还都是四个字的：琼浆玉液、随便曲奇、果拼天下……居然还画有二维码，真是够时尚的啊。

有一个班居然还请了一个专业的师傅来专门做手抓饼！瞧，

那堆积成山的各种材料：里脊肉、鸡排、鸡蛋、火腿肠……我也真是醉了。

在这个美食节，我终于可以放肆地大吃特吃了！

我走到我们班的摊位，领取了免费的冰激凌。然后到别的班买了一个可乐鸡翅和一个炸鸡腿。鸡翅是煮的，嫩嫩的，香香的，很合我的胃口；鸡腿是油炸的，价廉物美，两块钱一个，味道堪比肯德基，外酥里嫩，有点儿辣，但是挺香的。

正回味着口中的美食，一个同学戴着小丑卷发，指着我霸气地说："对面的美女看过来——"这么猝不及防，让我有点儿受宠若惊，我果断地逃走了。这时，边上突然窜出一人："小姐，油炸冰激凌，好吃的冰激凌！"说着就把我推到一个摊位前……

操场上，捧着盘子到处询问的推销员随时出现；举着牌子大声叫卖的推销员随处可见。每个班为了卖出自己的食物都绞尽脑汁：有买饮料送杯子的；有买食物赠小礼品的；有买满若干元可抽奖的……凡所应有，无所不有。

疯狂的美食节，让我们尽情地吃吧，美美地享受生活的精彩吧！疯狂的美食节，让我们高声叫卖，招徕顾客，过一把商家瘾吧！

这疯狂的背后，正是老师、家长对我们的爱心和支持！

护蛋行动

鲁心羽

"同学们！"金老师清了清嗓子说，"今天回家的作业就是做好护蛋的准备，明天大家就把鸡蛋带到学校，开展一天的护蛋行动。"教室里顿时像炸开了锅，有的同学拼命地拍手叫好，有的同学兴奋得交头接耳，而我却在心里盘算着：怎样才能把鸡蛋保护好，防止它摔破呢？

回到家，我找爸爸商量，让他帮我想想怎样保护鸡蛋。爸爸灵光一闪，对我说："你可以用两层保鲜袋把鸡蛋包起来，再把它放在网兜里，挂在胸前，这样它就不会破啦！"我听了爸爸的建议，赶忙准备起来。我打开冰箱，挑了一个最小巧的鸡蛋，给它穿上了两件"雨衣"，外面再配上一件淡绿色的"网格纱裙"，心想："这下应该不会破了吧。"

上学的路上，我一直小心翼翼地捧着鸡蛋，生怕它受伤。到了学校，只见同学们的护蛋方法五花八门：有的把鸡蛋放在盒子里，周边塞上好些餐巾纸；有的把鸡蛋放在充满气的袋子里；还有的用胶布层层缠绕，裹得严严实实，真是让我大开眼界。我坐到座位上，刚把鸡蛋安顿好，就听见同桌惨叫一声："哎呀，不好，我的鸡蛋破了！"看着手忙脚乱的同桌，我变得更加小心谨慎了。

最让我胆战心惊的要数上体育课了。在做体转运动的时候，鸡蛋就像坐上了飓风飞椅，旋转着飞了起来，我赶忙减速，只能又轻又慢又小心地做着操；当我在做腹背运动的时候，鸡蛋差点儿撞到地上，我急忙用手一接，哎哟，真是虚惊一场！在吃午饭的时候我一手捧着鸡蛋，一手握着勺子，时不时还惦记着看两眼，确保鸡蛋安全才放心吃饭。

就这样，鸡蛋被我小心翼翼地照顾着，我没有让它受到任何伤害。我也终于明白了老师的良苦用心，我照顾鸡蛋，就像爸爸妈妈照顾我一样，保护好一个小小的鸡蛋就这么辛苦，而爸爸妈妈从小把我养大，十年来那该付出多少心血呀！我想对爸爸妈妈说一声："你们辛苦啦！"

种 蒜 记

韩胜轩

春天到了,发芽的季节来了。老师安排我们种蒜,我以前种过蒜,也大概知道蒜发芽了会是什么样子。"上次是水培的哦!"我想着,"这次种土里试试吧。"

第 一 天

我找了一个不大不小的花盆,拿铲子装了半盆土,浇上水,从袋子里抓了一整头蒜,掰成了五瓣,一个接一个地插了进去,摆出一朵花的样子。我蹲在那里,看着眼前的花盆呆住了,真希望它一蹿就蹿到天花板上,我就能吃到妈妈做的蒜苗炒鸡蛋了,我仿佛已闻到了那种喷香的味道。

第 三 天

蒜苗偷偷探出了头,好像张开的樱桃小嘴,吐出了嫩绿的

"刺"。我拔了一棵出来，看见它已经长出了密密麻麻的"胡须"。我用水冲了一下才发现，"胡须"和剥开的蒜一样洁白无瑕。

有一棵苗长得好快，已经岔开了两只小脚丫，正倒立着呢！其他的苗都朝它这个方向长，好像正在为它的速度而折腰。

再细看，我才发现一个蒜苗里面还包着一个蒜苗。我以前从未见过，今天才发现了这个秘密。这蒜苗像开了一朵花，花中钻出一个小蒜苗，像要喷出去似的。

我看到这些形态多姿的蒜苗，不禁感慨万千：想起自己曾把它们放进冰箱，它们竟长出了小芽，这是坚韧不拔；它们在短短几天里就长出那么高的苗，这是天天向上。我也要像蒜一样，在最好的季节里绽放最好的自己。

第 八 天

哇！蒜苗全都长得比我的笔还高了。这些苗让我看得眼花缭乱。看这些苗，一层包一层，至今已经有五六层了。有的苗又高又瘦，有的又矮又宽，形态各异的小苗呈现在我眼前，让我看得痴迷。

突然，一个想法冒了出来：苗都长这么高了，不知道根有多密了呢？于是我试着拔了一下，我用了很大的力气，竟然拔不出来！我轻轻地拨开它周边的泥土才知道，原来它的根已经扎得很深了。泥土里密密麻麻的根盘在一起，仿佛已经不是土里种蒜，而是在蒜里放土了。我真是惊叹不已啊！我对它们又有了新的认识。

它生命力强，坚韧不拔，稳扎稳打，努力攀升，向阳，有梦想，总想超越别人。这不正是我所追求的吗?

第 十 天

"哎，妈妈快看，这瓣蒜烂了！"我急着对妈妈说。长得最慢的那瓣蒜也许生命力差了些吧，好不容易长出来，根却已经烂了。我的"莲花阵"破了。我只好重新换上一瓣胖嘟嘟的新蒜来替代，还对着这个"小朋友"默念："加油吧，你一定能超越其他小苗，最大的一定长得最快，我看好你，大个儿！"

第 十 二 天

我又去看了看这瓣新蒜，它头上长出了一个沙砾般大的"小绿痣"。我摸了摸，已经微微鼓了起来。我想着："看，果然，长得比其他苗快哦！说不定，后天就比它们几个大个子高了呢。"

鲜花的背后

殷佳雨

俗话说："三百六十行，行行出状元。"我的妈妈也不例外——她是保险公司的优秀客户经理。

在公司，妈妈通过努力获得了许多荣誉。可我一点儿也不喜欢她的这份工作，因为在我眼里，妈妈永远是客户至上，我甚至怀疑我在她心目中的地位还没有客户高！

那是一个双休日，因为正赶上一年一度的儿童节，我早早地起了床，兴高采烈地跑向妈妈的房间。妈妈正在床上看手机，我扑了过去，紧紧抱住她，问："妈妈，今天是六一儿童节啊！你能带我去玩——""不行，我还有事，没空陪你。"还没来得及说完，妈妈就用冰冷的语气拒绝了我。我强忍着泪水，小声地说："好吧！"

就在转身准备离开时，妈妈的手机响了。她用格外柔和的声音，甜甜地问："喂，谁呀？"一听到对方的声音，妈妈就满脸笑容："哦，好啊，十分钟后我去接你。"说着，妈妈立马起了床，开始打扮自己。

看着眼前的情景，我的心里不禁隐隐一痛：客户难道比我还重要吗？妈妈，我讨厌你！

那天，妈妈回来后，无论她说什么，我都赌气不回答。妈妈似乎看透了我的心思，于是，她决定有机会带我一起去谈业务。我想：你们卖保险的不就是和客户在咖啡厅里聊聊天、喝喝茶吗？

可是，我想错了。

终于，妈妈带我一起去拜访陌生的客户了。任务地点是北上海装饰城，到了目的地，我们就开始挨家挨户做调查。刚开始的几家店都积极配合，这让我觉得妈妈的工作很简单。可到了一家油漆店，麻烦就来了。我们还没有进门，店主就一脸不屑地说："去去去，我们不需要保险。"在妈妈和店主解释我们不是卖保险，只是做一个调查时，店主干脆"砰"地一下把我们关在了门外。我气得拉着妈妈就走，妈妈却说这很正常，这种态度还不是最恶劣的。后来，妈妈愧疚地对我说："佳雨，很多时候，我为了客户忽略了你。可我只有维护好客户、服务好客户，才能更好地工作。你也看到了，陌生人很难交心。只有服务好老客户，才能轻松地认识新客户。"

那天，妈妈真的很累，可她总会在客户面前用笑脸遮盖疲倦。其实，妈妈本来可以从事更好的工作，她是为了照顾我，才放弃了"朝九晚五"……原来，鲜花的背后都是汗水和辛劳啊。

我的左手便是您的右手

周　颖

天气渐好,阳光渐暖。

小草调皮地从土里探出了脑袋,嫩嫩的,绿绿的,微风轻轻拂过,它竟然顽皮地跳起了舞。河坡上,杨柳轻轻地撩起"发丝",与大地温柔地吻着。

姥姥老了,前不久又中风,就不怎么外出活动。我在学校非常惦念姥姥的起居。放学回家后,我赶紧把书包往桌子上一扔,以迅雷不及掩耳之势冲向姥姥的房间,只见姥姥在艰难地穿着外套。我靠近姥姥的耳畔说:"姥姥,您歇一会儿,我来帮您穿。"姥姥露出了笑容,她的笑像一朵风干了的花。我轻轻地帮姥姥穿好外套,帮她轻柔地梳了梳头。姥姥的头发很稀疏,头皮清晰可见。她用左手去拿拐杖,我神秘地说:"姥姥,今天我做您的拐杖。"我神气地拍了拍胸脯。姥姥欣慰地点了点头说:"小丫头已经长大了啊!"听到这句话,我的心里真是五味杂陈,不知名的液体浸湿了我的眼眶。

姥姥用她的右手紧紧地抓住我的左手,她的手很冷,我的手很暖,就在她握紧我左手的那一刹那,我感受到了一个老人所经历的沧桑与困顿。她的手很瘦，手上的皮很松，皮里包着竹枝似的手指骨。我轻轻地拍了拍姥姥："没事，别担心，这不有我嘛。"

我们来到户外，夕阳的余晖洒在姥姥身上，姥姥似一尊金黄色的雕像，显得格外古朴沧桑。在散发着泥土芳香、混着青草味儿的土地上，我用左手坚定地搀扶着姥姥。我想起姥姥在我小时候也曾这样一步步搀扶着我，她给我轻轻地哼儿歌，我听着开心地笑起来。就在这时，风儿停止了吹拂，草儿停止了跳舞。天地间万物都在默默地看着我搀扶姥姥在夕阳的余晖下行走，一切都是那么温馨。

走在小桥上，姥姥拉住了我，对我说："我们回去吧，我累了。"我连连点头。回望来时的路，真的很短。毕竟姥姥身体很瘦弱，她实在走不了太远的路。我真的好喜欢姥姥用她的右手牵着我的左手的感觉，好温馨啊！夕阳西下，只留下姥姥和我的背影。

时光易逝，孝心不换。姥姥，我的左手便是您的右手。

我是"管水员"

邱新月

比我小四岁的表妹来我家住几天。她喜欢玩水，看着水表上的指针飞快地转动，我心里怪难受的。

每天早上，我都被"哗哗"的流水声吵醒，今天也不例外。我揉揉蒙眬的睡眼，准备去训表妹一顿。

咦，人呢？只见水龙头不停地向外吐水，水已经溢到了地板上。我不禁怒火冲天，"啪"的一声关上了水龙头，然后三步并作两步，"砰——"的一声踢开表妹的房门。"是不是你打开水龙头不关？跟你说了多少次……说！说话！"我怒不可遏。

正在喝水的表妹瞪大眼睛看着我，含糊不清地说："啊？我下次一定改，一定改！"随即又小声说："干什么呀，不就是几滴水吗？关了不就可以了吗？说话这么大声干什么，我的耳朵哟！"

我晓得表妹不会轻易改掉这个坏习惯，得想一个办法才能节约宝贵的水资源。

第二天一大早，又是一阵"哗哗"的流水声。我把正在洗漱的表妹拽到我的房间，从桌上拿起几张纸递给她。顾不得表妹咿哩哇啦乱叫，"读！"我命令道。

"哦……地球上的水尽管储量巨大，但能直接供人类生产和生活利用的，却少得可怜……目前已有70%的人口，即17亿人喝不上清洁水；已有将近80%的人口受到水荒的威胁。我国人均淡水占有量是世界人均水平的1/4，属于缺水国家，全国已有300多个城市缺水……

"联合国秘书长警告：'水资源稀缺预示着未来冲突将增加。人口增加和气候变化都会让水危机恶化。随着全球经济的增长，水资源短缺会日益严重。以后还会有更多的冲突出现……'

"我们要节约用水。如果毫无节制地用水，淡水资源早晚会枯竭！"

表妹读完后惊呆了："啊？淡水怎么这么少！我还以为拧开水龙头，水就自然来，取之不尽、用之不竭呢！"

"怎么样，妹妹，明白了吧？我们真的不能浪费水，有钱也买不来水啊……"

"我知道了！我以后再也不浪费水了，姐姐你相信我吗？"看着表妹天真又认真的样子，我很高兴。

"嗯嗯，我相信，你今后一定会成为我们家的'管水员'。记住：节约用水，节约用水，节约用水，重要的事情说三遍。"

"我明白啦！明白啦！明白啦！"表妹拼命地点头。

从此以后再也听不到"哗哗"的流水声啦！我家又添了一名"管水员"！

马桶个唱

郭嘉其

今天,老师布置了一个奇怪的作业——洗马桶。老师话音刚落,教室里就炸开了锅。小彤一手捂着鼻子,另一只手不停地挥动着:"什么?洗马桶?这么脏居然要我们洗?"一诺倒吸了一口气,身体往后倾,眼珠子瞪得滚圆,惊恐地问:"马桶怎么洗呀?只洗盖子可以吗?""呜呜,我不要嘛,人家从来没碰过这么脏的东西……"熙雯娇滴滴地哭喊着。

可这是老师布置的作业啊。看来,是非做不可了。我这么想着,忖度起了今晚的行动方案……

放学回到家,我赶紧向妈妈请教马桶应该怎么洗。妈妈一脸好奇:"哟,太阳今儿从西边出来了?怎么突然问这个?""你甭管,告诉我嘛!"妈妈反应了过来:"看来,又是梁老师出怪招来治你们这些小懒虫了。好哇!"她喜上眉梢,朝我坏笑了一下。我回了她一个假笑,推搡着她往洗手间走。

按照妈妈的吩咐,我先找来了清洁用具。戴好手套后,我左手拿刷子,右手拿洁厕净,在镜子前摆了好几个姿势。嘿!这造型也不错嘛,挺有干劲儿的。今天就看我的了!

我蹲了个马步，两只手左右开弓，先往马桶里倒入几圈蓝色的洁厕净，然后用刷子使劲儿往马桶兜里捅，嘴里还哼着小调："洗刷刷，洗刷刷，喔喔……"节奏感让我忽略了马桶里的污垢和刺激的味道，我越唱越起劲儿："观众朋友们，大家一起来！洗刷刷，洗刷刷……"这时，我一不小心，用力过猛，竟然把马桶里的水挑出来了！"呀！我的衣服！"我"嗖"地站起身来，打量自己：身上、手臂上、脸上全是黄绿色的液体。"呜哇！妈！"刚才还热闹非凡的"演唱会"瞬间落幕，镁光灯全部熄灭，观众集体消失，台上只留下一个浑身臭水的我，好不凄惨！

一直站在门边的妈妈笑得前仰后合，眼角都是泪花。我哭丧着脸，把刷子一扔："妈！还笑！我不干了！"我赌气地扯下了手套，要去换衣服。妈妈一把拉住了我，说："这样就放弃啦？我可不会帮你收拾烂摊子哟！"怒气未消的我回头看了看洗了一半的马桶，它仿佛在朝我挤眉弄眼，嘲笑我的半途而废。我狠下决心：一定要把它洗干净！

这一次，我小心翼翼地擦拭着马桶里的污迹，刷子一下子倒扣，一下子回旋，就像平时妈妈给我掏耳朵一样，逐个部分刷洗干净。看着黄的绿的污水滑入池兜，我放心地按下了冲厕按钮。"哗啦哗啦……"污水转着圈儿离开了，我的心情也舒畅了很多。

马桶个唱虽然并不成功，但现在，每当哼起那首《嘻唰唰》，我都会想起那天的场景，捂嘴轻笑。

钥 匙 风 波

齐天意

在班级里，我是一个比较细心的人。可是今天，我却把钥匙给弄丢了。

到家里找了半天，我还是没找到。明明就放在家里，怎么就不见了呢？这时爸爸回来了，我立马恢复成正在写作业的状态，等到他进卧室后，我才喘了一口气说："吓死我了，要是被老爸知道钥匙丢了，我可就倒大霉了。"饭后，老爸严肃地对我说："天一，今天怎么没有看见你的钥匙呢？我记得往常你都是把钥匙放在书桌旁的。"我小声地问道："是吗？"爸爸说："当然是啦，我这么神通广大怎么可能不知道呢？"我小声地说道："不知道，原本还放在桌上的，眨个眼就不见了。"他一听，眼睛立刻睁得很大："现在经常有小偷偷东西，钥匙你可不能随便放。"

我听了老爸的话，说："哦，我知道了。"他严肃地问我："你把钥匙丢到哪里去了？赶紧好好想想。""我不知道，反正回来时就直接放在桌子上了。"我小声地嘀咕了一句。结果因为我刚刚说的那一句话，他立马站了起来，走进我的房间找了起来。书桌上没有看到，抽屉里没有找到，书柜上也没有看到，床上也没有钥匙的踪影。我看到这里也起身去找钥匙了。桌椅下面、衣服兜里也同样没有钥匙的踪影，书包里也没有。看到我这样着急，爸爸说："不要着急，慢慢找。我们小区的小杰他们家就是因为钥匙丢了，也丢了些重要东西。你以后可不要再把钥匙乱放了。"听到这里我心里特别紧张。

正当我要把书包放到椅子上时，清脆的金属物碰撞地面的声音响起，我一看原来是那串失踪的钥匙，我不由得松了口气，原来钥匙在书包的侧面放着呢。老爸看见后也松了一口气。

我老爸就是这样的细心，不管是什么东西丢了，他都能发现。并且还能很快找到。正是因为他谨慎、细心，所以在单位、新村里很受大家的欢迎。

经历了这次钥匙风波，我学到了爸爸的谨慎、细心。我以后做事要向他学习，可不能再马马虎虎了。

我给爷爷奶奶发压岁钱

郝 可

每年春节，我都会收到不少压岁钱。特别是给爷爷奶奶拜年时，他们不仅会给我压岁钱，还会给我准备好吃的。不过，今年我要给他们一个惊喜，给他们发压岁钱。

初二那天虽然天气特别冷，但是吃过早饭后，我还是迫不及待地去了爷爷奶奶家。刚进院子，奶奶就看见我了，她高兴地说："乖孙女，快来，给爷爷奶奶磕头，压岁钱我们已经给你准备好了！"

"奶奶春节好，我祝您和爷爷身体健康！今年我给您和爷爷磕头拜年，你们不要给我压岁钱了。"

听了我的话，奶奶不解地问："为什么？嫌我们给你的钱少？"我赶忙说："不是的，奶奶！"

"那你告诉奶奶到底是什么原因？"奶奶急忙追问。

"奶奶，您和爷爷靠种地生活，又没有其他收入，一年也剩不了多少钱，再说您的身体又不太好。所以我今年不光不要你们的压岁钱，还要给你们压岁钱呢！"

"你哪来的钱给我们呀？"

"我的稿费呀！我的两篇作文在报刊上发表了，叔叔阿姨给我寄来了稿费。"我掏出自己的稿费，递给奶奶，"奶奶，你可一定要收下！"

"收下！收下！我孙女真了不起，不但能挣钱，还知道孝敬爷爷奶奶，奶奶怎么能不收下这压岁钱呢！"奶奶高兴得眼都眯成了一条缝。

明年春节我还要给爷爷奶奶压岁钱，让他们高兴！

想念有时就像一场梦

易明明

想念有时就像一场梦，虽没有翅膀，但也可以飞翔。

它时常飞进我的梦里，使我对爷爷的想念更加强烈，让我更珍惜现在的时光。还记得那些幸福的日子，那双长满老茧的手总是牵着我，走过房前屋后，走过田间地头，走过欢笑哭泣，走过似水流年。

至今还记得那幸福的味道，您做的芝麻盐是世界上最好吃的东西，它虽然比不上那些山珍海味，可在我心里，因为是您用爱做的，我便觉得里面盛满了爱的味道。从您走后，我就再也没有吃过了。

时光在指尖流淌，我却无法将其抓住。一想起您被病魔折磨的那段日子，我就难过极了，以至于泪水不知不觉地流出。听到您去世的消息，我真希望那是一场梦，醒来，您依然还在。可梦醒了，您还是走了，只留给我无边无际的想念。

我只能想念，很想很想，在不经意间，在抬头的刹那，在沉思的片刻，我总会想起您。我终于明白，原来想一个人，也会想到哭泣。因为，您的好我都记得。

我记得您在我想妈妈时温柔的安慰，我记得您在我犯错时包容的眼神，我记得您在我受伤时暖心的呵护。我更记得那年冬天，外面大雪纷飞，天寒地冻，为了给我买一件新棉衣，您去给别人拉煤球。那是怎样的一幕啊，凛冽的寒风，瘦弱的身体，板车上堆成山的煤球，我的心一颤一颤，止不住地痛。长期的劳累让您落下了病根，每逢下雨您总是疼得在床上翻来覆去。可您却不舍得买药，即使爸爸寄来钱，您也全部攒起来，说是留给我上学。可爷爷，您自己呢？

您去世的前一天，把我和姐姐都叫到床前，您对我说："好好学习，将来一定会有出息。"为了让我学习，您把陪您走过十几个春秋的大黄牛卖了，依稀记得您那恋恋不舍的眼神，一直把大黄牛送到村口。

转眼间，您已离去四年了，回想起以前的点点滴滴，才发现岁月会使人容颜变老，可不变的，还是记忆中您那双温暖而熟悉的模样。

时光能还我一场梦境，让我重温过去的人和事吗？我想，只有时间能回答。

伞下的晴天

俞心铭

天，下起了淅淅沥沥的小雨，让我的思绪不禁回到了那一天……

那天爸妈临时有事，我便徒步回家，哪料走了一段路后，天竟下起了小雨。刚开始雨不大，没什么大碍，我继续前行。

可雨越下越大了，望着渐渐湿透的衣裳和发丝，感受着这雨的点点凉意，我不由得缩了缩脖子，脚下的步伐也快了起来。

雨点越来越大，越来越密集，也越来越重，打在我身上引来一阵阵的刺痛。我只好匆匆跑到路边的一家店铺的屋檐下躲雨！

望着渐渐模糊的景物，我不由得叹了口气："这雨什么时候才能停呢？"

铺子里走出来一名中年妇女，有点儿胖，一双黑色的眼睛里盈满了浅浅的笑意。

她拍了拍我的肩，这手柔软且温暖，寒意好像一下了少了很多。她微笑着，说："小朋友，自己回家吗？"她的话略微有些外地口音。

我点了点头。

"小朋友，冷不冷？要不进屋里来吧，里面会暖和一点儿。"她轻轻地说。

"啊？"我愣了愣，还没等我反应过来，我便打了一个重重的喷嚏。她好像有点儿惊讶，拉着我进了屋里，还用有些责怪的语气说："你看！你看！着凉了吧！"

我有些尴尬，但更多的是感动。手不住地蹭着衣角，想说点儿什么，可又不知道该如何开口。"阿嚏！"我忍不住又打了个喷嚏。

她摸摸我的衣服，又望了望外面，说："小朋友，这雨一时半会儿还停不了，你衣服也湿了，很容易感冒的。要不，我这里有伞，你快回家吧，可以快点儿把衣服换下来。"

这怎么行呢？我已经麻烦人家很多了。想到这儿，我忙摇头又摆手！

可她却没有说话，径直走进最里头的那个房间。一会儿，她便走了出来，这时手上多了一把伞。

我仔细一看，这是把新伞！上面的标签还没撕呢。"不用了，我拿把旧一点儿的也可以的……"

她不由得笑了笑，说："拿着吧！万一感冒了，药可比我的伞贵多了！"说完，她便将伞硬塞进我的手中。

我点了点头，鼻子酸酸的。我拿着伞，说："阿姨，我明天就还你，明天！""嗯，好的！"她应了一声。

转身走了一会儿后，我又回过头来，说："明天会还你的！""好好，我知道了。"

我这才打开伞，这是一把蓝底白纹的伞，撑开之后，仿佛置身于晴天之下……

也许，这仅仅只是一把伞，可对我来说，还有着一层人与人之间浓浓的情意。这伞下的温暖，这伞下的晴天，我永远也不会忘怀!

还伞的时候我才知道，她是贵州人，刚开始来余姚是打工，现在开了这个小店。家里的女儿与我差不多大，她大概是以对女儿的感情对待我。我问她姓名，她说："新余姚人!"

我学包饺子

赵事兴

星期天,老爸说想吃饺子,我一听要吃饺子,哈喇子都流了下来。老妈说要给我们露一手,喂饱我们肚子里的馋虫。为了赶快吃上这顿饺子,我决定学包饺子。

老爸说:"来吧,让爸爸给你当个特教指导。你老爸我包饺子是NO.1,你一定能学会!来,先学擀饺子皮。"爸爸给我做了示范,嘿!还别说,只见擀面杖在老爸的手里左旋右转,小小的面团瞬间变成了一张圆圆的饺子皮,老爸太帅了!正欣赏着老爸的高超技艺,老爸已经把擀面杖递到了我眼前:"接武器,看了老爸的帅气示范,是不是跃跃欲试啊?接下来就看你的了!"

我包饺子的实践正式开始。按照爸爸的指导,我把擀面杖压在一小段面团上,然后用力地压起来。谁知,擀面杖在我手里好像不听使唤似的,一会儿忽东,一会儿忽西,面团还黏在了擀面杖上……擀的饺子皮也是厚的厚,薄的薄,全都奇形怪状。老爸看了说:"看着你的作品,我真想吹胡子瞪眼,可惜我的胡子刮掉了,只能瞪眼了。"此言一出,我们一家全都大笑起来。这时,老妈上场了,她一边示范一边对我说:"擀的时候应该绕着擀，让饺子皮中间厚，边上薄。"妈妈一连擀了好几个饺子皮，我才看清到底是怎么擀的。按照妈妈的方法，我渐渐地越擀越好。看来练习是关键，要想功夫深，铁杵磨成针啊！

擀完了饺子皮，就要学包饺子了。学着妈妈的样子，我用筷子夹了一大块饺子馅儿放在饺子皮上，然后用手指把皮往里拢。谁知馅儿太多了，捏着这边，那边的馅儿"突围"了——馅儿往下掉，汁往外流，我的手上、饺子皮上都是馅儿和汁水。我只好去掉些馅儿继续捏，费了一番功夫才把一个饺子包好。我把包好的饺子放到托盘上，看着这个面目全非的饺子，我心想：刚才我是怎么把它们胡乱揉在一起的呢？不怕困难的我，吸取教训，重整旗鼓，再包的时候，我不敢弄那么多的馅儿了。把馅儿放好之后，我把饺子皮对折，稍微用力沿着边把饺子皮捏在一起，一个弯弯的饺子就成形了。虽说不好看，但也说得过去。就这样，我越包越多，包的饺子也越来越像样。看着自己包的饺子，我心里美滋滋的。

经过这件事情，我也明白了，要干好一件事不光要有信心，还要有耐心。

"笑神"希希

李昌镐

你想认识"笑神"刘玟希吗？如果想，就来我们班吧！只要你看见一个长着圆圆的小脸、笔挺的鼻梁、胖嘟嘟的小嘴、总是上扬着嘴角、一笑有着两个酒窝的女生，那就是刘玟希。

这不，我们班几个调皮的女生制作了一个"封神榜"，里面有"文静神""读书神""考神""萌神"……其中最出名的"神"就是——"笑神"，她就是刘玟希。她之所以被称为"笑神"，是因为她的"大笑神功"可真是太了不得了。别人大笑最多三十秒就能止住，可她一笑，要是没有人制止她，是根本停不下来的。她走到哪里，哪里就传来一阵阵欢乐的笑声。

她在课堂上常常带给我们惊喜。记得那天上语文课，讲的是泰戈尔的儿童诗《花儿学校》。老师提了好多问题，比如花儿上课都学什么？它们的母亲是谁？它们的老师是谁……同学们都争先恐后地举手发言。这时，老师提出最后一个问题："花儿是怎么上课的？"教室里静悄悄的，没有人举手。"大家都不知道吗？想象一下。"老师又追问了一次。这时，刘玟希站起来回答说："桌椅是连起来的，所有的东西都是用草做的，笔是一根一根的青草沾上墨水。"啊,好有创意呀!课堂的气氛一下子又活跃起来了。

"笑神"希希还是个热心肠。去年学校开运动会,我被选为接力赛运动员。可是我只是跑得快,怎么接棒我不太了解。而希希已经是运动会上接力赛的老选手了。她帮我纠正姿势:"左腿在前弯曲,右腿向后伸直,两手自然摆动。接棒时,右手在后,身体向前,准备起跑。"可是,说起来容易,做起来难啊。我不是顺拐了,就是忘记回头了,急得不行。希希笑着说:"慢慢来,多做几遍,熟悉了就好了。"于是,只要是自由活动时间,希希就来帮我矫正动作。在我学会的那一瞬间,我们两个开心得跳起来击掌祝贺。

别看"笑神"平时总是笑呵呵的,她也有不开心的时候。有一天,老师问她:"以前的作业都是妈妈签字,这几天为什么换成爸爸了呢?"刘玟希只说了一句:"我有小妹妹了。"说完,她的泪水就止不住地流了下来。可是当她回到家的时候,并没有把这一切告诉妈妈,而是一进门就抱起妹妹亲个不停。后来老师打电话把这件事告诉了她妈妈,妈妈对她说:"你们两个都是妈妈的宝贝,只是妹妹现在太小了,需要妈妈更多的照顾。"刘玟希重重地点了一下头:"妈妈,我懂了。以后我会和你一起把妹妹照顾好的。"

你喜欢"笑神"希希吗?如果喜欢,那就来和她做朋友吧!

水汪的那些四季

张晓晨

望着南面的一片楼,我从脑海某个犄角旮旯里,揪出了那一丁点儿的记忆——那里曾是一片荷芦浩浩、绿萍荡漾的水汪。

虽然我生长在这里,可对于那片水汪的记忆却不是很多。所有关于它的事情,都是从父母那里听说的。对于我的父母来说,那片水汪可是他们童年记忆里最重要的组成部分。

春天里的水汪,冰凌化开,像孩童刚刚苏醒时慢慢睁开的眼睛。最先探出头来的,总是水汪边的小草。娇弱的身子在风中摇晃,它得鼓起多大的勇气,才能从温暖的地下钻出来。它就像一圈绿茸茸的睫毛,在水汪四周开始生长,直到野花遍地。一群孩子坐在水汪边坡底下,嚼着甘草的嫩穗。孩子们的春天,从这里开始。

夏天的水汪是一年中最有活力的,半塘芦苇,半塘荷花,还有许多水草、浮萍,很多鸟,如野鸭、翠鸟等,都在这里一会儿展翅飞翔,一会儿欢快歌唱。荷花交织成的荫凉下,一群孩子在水汪边"端鱼"。他们拿一个小盆,放上一些骨头,或者麦麸,用纱网把盆口蒙住,只留一条很小的缝,然后把盆放在水中。过个把钟头，就端出来查看一次，总会收获到几条小鱼。端到的鱼多了，就拿回家让父母炖成鱼汤，或炸成酥酥的、脆脆的"金鱼"。那些缺少食物的日子里，一家人坐在那里享用，别提多美了。

荷花开过之后，就有藕可以吃了。孩子们每天放学之后，就会来到水汪里，赤着双脚在里面掏藕。刚掏出来的藕带着黑泥，活像一个在外面玩耍忘记回家，被父母拧着耳朵拎回家的胖娃娃。不光是孩子，大人也会来掏藕，因为那时，每家的餐饭，就指着它了。赤裸的双脚，经常会被小菱角扎到，所以，不时会看到有人急忙跑上岸来抠脚丫子。

秋天的水汪，对孩子们来说，是个闲适而有趣味的季节。伴随着秋风的来临，天气比夏天凉爽许多，夜晚挑着马灯，来到水汪边上，就会看到许多被惊动的小生命，挥舞着大钳子向人示威。此时，人们只需用手捏住它左右两个钳子，就可以轻易把它放进备好的瓶子里。瓶子里装上点儿水，再放上一两株水草作为装饰，一个完美的工艺品就制成了。放在床头案边，闲来无事看一看，逗一逗，非常有趣。

冬天的水汪，让人既恨又爱。水面结了冰，光溜溜的。按照我爸的说法，现在溜冰场的冰面，比那可差远了！

滑冰，一般是男孩子才玩的。但在岸边上，经常会站着一个羡慕不已的女孩子，看着一群玩得开心的臭小子，便嚷着也要大显身手，结果没走两步就被摔了个四脚朝天，于是大哭。最后，女孩儿的两个哥哥一个在前面拉着女孩儿的手，一个在后面推着女孩儿，围着水汪"哧溜溜"快速滑上一圈，就把女孩儿再放到岸边上，他们又去疯玩了。为此，那个女孩儿到现在想起这事来，还有些生气呢。那个女孩儿就是我的妈妈。

那片水汪在无数个四季更替里，给了好几代人美好的回忆。如今，那片水汪上挺立起楼房的身影，诉说着那些越走越远的往昔。

捞　鱼

莫小贝

童年仿佛是一张绚烂的画卷，这画卷上的每一笔都不一样，有的鲜艳，有的黯淡，有的柔和，有的醒目……每个人都有自己的人生画卷，我也不例外。在我的画卷上最灿烂的一笔是在大明山的水塘里捞鱼。

那是我九岁那年暑假的事。那天出奇的热，太阳好像要把地上的水分都蒸干似的。这么热的天爬山，真是一件痛苦的事。我磨磨蹭蹭，一百个不情愿。妈妈看出了我的不情愿，绞尽脑汁想安排我在山脚活动。正巧，有几个叔叔阿姨跟我的想法不谋而合，我们决定在附近阴凉的地方休息。于是，我们在询问了当地的农民之后，便向最近的一个小水塘进发了。

小水塘终于到了。我眼前出现了这样一幅画：一个由石头围成的水塘，背后是一座高耸入云的山峰，投下大片阴影；泉水清澈见底，里面无数黑白相间、晶莹剔透的小"精灵"欢快地游来游去，令人心旷神怡，烦躁和暑意也悄悄溜走了。看到这么凉爽的避暑胜地，我们脸上露出惊喜的笑容，迫不及待地坐下来休息。我们坐在水塘四周的石头上，脚泡在凉凉的水里，小鱼见有客人来了，连忙游过来，"亲吻"我的脚丫，酥酥地痒，惬意极了。时间一分一秒地过去，舒服归舒服，但也有些无聊。有人提议用帽子来捞鱼，大家纷纷赞同。

我摘下帽子，倒放在水中，鱼儿毫不知情，以为是新的游乐场，天真地游了进来。我看准时机，猛地一拎，鱼儿措手不及，只得乖乖束手就擒。鱼儿被我放进瓶子里，我兴高采烈地把瓶子高举过头，一蹦三尺高。得意忘形的我没看见脚边的青苔，"哧溜"一下滑倒，"扑通"一声坐在水中，水溅了一个叔叔一身，大家都笑了起来。我摸着小屁股，"哎哟哟"叫个不停，大家的笑意更浓了。我若无其事地站起来，拧拧水，坐在石头上，装作什么事都没有，实际上痛得咬牙切齿，期间观察起四周的人来。偶然间我发现旁边的小妹妹皱着眉头，嘟着小嘴，愁眉苦脸。我笑眯眯地问："怎么了，苦着张脸，嘴都可以挂个油瓶了，谁欠你三百吊钱啦？"小妹妹被我的幽默逗笑了，不过又瞬间恢复了抱怨的语气："鱼儿都不游过来，哼，成心欺负我。""没关系，我教你啊！""真的吗？""当然，我说话算话！"说干就干，我开始着手教她。我先给她做出示范，我把布帽轻轻放在清澈的泉水中，为了以假乱真，还压上了两块鹅卵石，两条小鱼好奇地游了进来，猎物上钩了，我抑制心中的喜悦，拎着帽檐的手悄悄上移，小鱼浑然不知危险正在靠近，仍然在帽子里嬉戏着，当帽檐上升到离水面约一寸时，我双手猛地一提，鱼儿失去了水的保护，在帽子里负隅顽抗地蹦两下，没跳出去，干脆放弃了挣扎，任由我把它们放进水瓶。看见小鱼乖乖地在瓶子里，小妹妹开心地鼓起掌来。她学着我的样子，小心翼翼的，不一会儿就捞到三条鱼，看着丰富的战利品，咧着牙还没长齐的嘴，笑开了花。一旁的阿姨也夸我教学有方。

听着别人的赞美，我心里比吃了蜜还甜，我喜滋滋的，笑得像朵盛开的花。一看手表，时间不多了，我立马抓紧时间捞鱼。时间悄悄地溜走，暑气伴着轻风徐徐地远离。转眼间，集合的时间到了，我们也收获颇丰，大家一共捞到五十几条活蹦乱跳的鱼，分装在三个塑料瓶里。

　　我妈妈对我说："鱼儿来自大自然，是生态保护的对象，我们应该凡事留一线，放它们一条生路，这样后面的人才能看到同样的美景。"于是，第二天，我们在和它们拍照留念之后，就把它们放生了，让它们回归自然。

　　这件事让我明白了：做事需要团结合作，互相帮助，还要学会适可而止。这样才能获得更大的成功。

采风五部曲

中秋月儿圆

陈 华

圆圆的月亮高高挂在天上,月光给大地披上了银纱。我和哥哥在稻场上紧张地忙碌着。

"今晚要把这堆谷装完。"这是妈妈下达的指令。

我看着这堆谷,不由想起"谁知盘中餐,粒粒皆辛苦"的诗句,农民果真是辛苦啊!哥哥拿起簸箕,我拿袋子,开始装谷。可是过了半个小时,我便有些支持不住了。哥哥对我说:"你到那边歇一歇吧!剩下的我自己装。"我乐得把自己抛在草堆上。哥哥把几个月饼递给我,我不客气地狼吞虎咽起来。等我解决了两三个,才问:"哥,哪里来的月饼啊?""今天不是中秋节吗?知道你喜欢吃,我特意到街上买的。""那你吃了吗?""我不饿,你吃吧!"

几个月饼下肚,我跷起二郎腿,叼一根稻草,开始享受这难得的休闲时刻。四周静悄悄的,只有几只秋虫在窃窃私语,天上那轮圆圆的明月像一位仙女,该不会是嫦娥吧!咦,周围怎么烟雾弥漫?难不成要到月宫了?难道要看见嫦娥了?不一会儿,浑身痒痒的感觉把我的思绪拉了回来。啊!原来是哥哥把谷里的灰尘扬起来了,怪不得会如此痒。我在这里神游,哥哥却没有歇一下,大汗淋漓,混着扬起的灰尘,整个就是一泥人!唉,不行,我得让他歇一歇,不然,累坏了可不行,哥哥还要上学呢!我拿起一把稻草,悄悄地走到哥哥背后。月光下两道人影,嬉戏着,追逐着,稻场上响起我们兄弟俩愉快的笑声。

月儿在云层中穿行,我们兄弟俩向家走去,我觉得今天的月亮特别圆,特别亮,特别温柔!

餐桌变迁

史王从

据妈妈说,我一出生,还没睁开眼睛,我的小嘴巴就噘得老高,到处找吃的。每当我嗷嗷待哺时,妈妈就会把我抱起来,我迫不及待地一口咬住妈妈的乳头,大口大口地吸着乳汁,手脚并用地扒在妈妈身上,嘴里还"嗯、嗯……"地哼着,直到心满意足才松口,露出满意、开心的笑容。这时,妈妈的身体就是我的"餐桌"。

一两岁时,我迷恋牛奶,不爱吃饭。每次吃饭时,我就只顾津津有味地看电视、玩玩具。妈妈只好用我的小饭碗盛些饭,上面盖着肉和蔬菜,端在手上,笑眯眯地看着我。可我早发现她的意图,赶紧躲到窗帘后面,谁知妈妈已经飞快地舀了一勺饭,送到窗帘后面,等着我自投罗网呢!还好,我抵制住了这饭菜香的诱惑。妈妈突然掀开窗帘,我慌不择路退到了一个死角,万般无奈下,只好吃了这口饭。我们斗智斗勇了好长时间……这时,妈妈的手就是我的"餐桌"。

我上幼儿园了,中午要留在幼儿园里吃饭。小朋友们都坐在整齐排列的水果色小饭桌边,翘首以盼。老师分发小碗,三菜一汤。然后，所有的小朋友一起，在老师的鼓励下"埋头苦干"，吃得一粒都不剩，争先恐后地将小碗举过头顶……在这热热闹闹、讲规矩的小餐桌上，我慢慢长大了。

上小学之后，我们搬到了宽敞的新家，餐桌也变成了大长原木桌，我们还让餐桌"穿"上了精致的花布衣裳。每天，等桌上摆好了精心准备的菜肴，一家人就边吃着饭，边聊聊生活中的小事，说说工作，问问我的学习。这"穿花衣的长餐桌"让我洋溢在幸福之中。

餐桌一直在变，但我们一家的欢乐和幸福，永远都在。

生活的另一面

陈意涵

生活总是这样，日新月异，谁都不知道下一秒会发生什么，就像那一件事。

"把作业做好了，就可以去西溪游乐园。"听到这儿，我把头抬起来，心想："快点儿做作业，这样就可以去游乐园玩了。"我赶快低下头，加快了笔速，边做作业边幻想游玩的场景，这时，一个念头打断了这个幻想，把我从幻想中拉了出来。"不行，我不能去，我要照顾爸爸。"我的思绪飘得很远很远。

前天晚上，我早早地收拾书本，一口气跑到校门口，为的是让爸爸早点儿接到我。可是当我冲到门口的时候，却没有看到爸爸的身影。我在门口彷徨地寻找着，却一无所获。这时，我听到背后有一道熟悉的声音，我满怀期待地朝后面看去，却是妈妈，我有些小失落。在路上，妈妈告诉我，爸爸在打篮球时受伤了，现在在去东台的路上。我的眼睛黯淡无光，就连晚上家里的氛围都变得沉寂了。

晚上，昏昏欲睡的我被楼下的脚步声给惊醒。我冲了下去，老爸看见我，给了我一个略显苍白的笑容，要我赶快去睡觉，对他受伤的事却只字未提。

  第二天放学，我独自站在雨下迷茫地望着，像一只迷路的小鹿。在回家的路上，我得知爸爸是去做手术了，妈妈在那儿照顾他。我的心里多了一份凄凉，下个月，妈妈就要去无锡了，爸爸这时却出了这种事，我真的不知道该怎么办了。我走在雨中，泪一滴一滴地滴下来，眼泪"滴答滴答"的声音与雨落在地上的声音融为了一体。我放声歌唱，可不知为什么，本来一首欢快的歌却被唱得十分伤感。

  我回家了，可是我觉得那不是家，缺了爸爸妈妈的家还是个完整的家吗？我回家的第一件事就是打电话给爸爸妈妈，告诉他们我们今天考了数学，满分100分，我考了98分，只错了一道选择题。妈妈听见了很高兴，爸爸也许是因为手术进行了三个小时，太疲惫所以才睡着了。

  今天是星期五，我们放学比平时早。下午还有三节课，我多么希望时间可以过得更快些，这样我就能早点儿看到爸爸了。

  生活就是这样，有如意也有悲伤。我知道，自己默默地躲在被窝里哭泣是没有用的，我应该大胆地面对现实，平静地去看待生活中的喜怒哀乐。

我们这个年龄

丁子阳

如果人生是一次远航,那么我们这个年龄,就像刚刚扬起了风帆的航船。或许现在海面还是风平浪静的,但这并不代表未来的航行会始终一帆风顺。漫漫航程,沿途可能有惊涛骇浪,也可能有暗礁险滩,但只要我们及时调整航向,并加快航速,就能躲开可能会降临的暴风骤雨,大自然的每一次考验就会变为我们的宝贵财富,也许就会发现属于自己的那片"新大陆"。

如果人生是一次攀登,那么我们这个年龄,就像刚刚走到山脚。虽然攀登的速度并不快,也可能会被其他登山者超越,但只要我们持之以恒,不被沿途的景致迷惑,并且懂得何时休息,何时加速,永不言弃,就一定能攀上人生的顶峰。当你登临绝顶,胸中定会升腾起"一览众山小"的豪情,你就会觉得所有的付出与辛劳都是值得的。

如果人生是一条长河,那么我们这个年龄,就像刚从雪山上汇聚而下的涓涓清流。谈不上气势磅礴,也谈不上一泻千里,两岸没有盛开的鲜花,也没有茵茵的芳草,有的只是皑皑的白雪,和粗糙的山石。不过不用气馁,万里雪山是我们坚实的后盾,大地母亲向我们敞开着温暖的怀抱。虽然未来的征途困难重重，但只要我们拥有一颗向往着汇入大海的雄心，总有一天，大海会还我们一个亲切的拥抱。

如果人生是一杯美酒，那么我们这个年龄，就像刚采摘不久的葡萄。虽然青翠欲滴，却还有一些酸涩，等待着我们的将是漫长的发酵过程。橡木桶的环境阴暗潮湿，终日不见阳光，陪伴我们的只有无边的静寂，但这是对我们最好的历练，相信经过时间的沉淀，我们会变得晶莹剔透、芳香四溢，最终成为宴会上当之无愧的主角。

我们这个年龄，就像八九点钟的太阳。我们踩出的每一个坚实的脚印，都是对青春最好的诠释。道路就在脚下，目标就在前方。

相信自己，既然选择了远方，便只顾风雨兼程，到时候，我们留给世界的将不再只是背影！

妈妈和我谈作业

韩靓纯

刚刚经过紧张的复习和考试,我本想趁着难得的假期好好放松休息,但没想到寒假任务比山还重。要写的作业本来就不少,学校为了让大家过一个有意义的寒假,鼓励我们多参加社会实践,又布置了一堆综合实践作业。我每天还要练琴,做线上英语作业,连着两天,我都不知道从何下手,急得嘴上起了一串水泡。

妈妈看见我这副火急火燎的狼狈相,问我怎么了,于是我把烦恼一股脑儿地告诉了她,妈妈不但不同情,居然还呵呵地笑了起来,说:"我当多大的事呢,就这呀!"

"这么多作业你还嫌少?"我气得涨红了脸,"真是站着说话不腰疼,敢情不用你写作业。"

妈妈似乎看穿了我的心思,笑着对我说:"女儿,这个世界上不是只有你有作业,妈妈也有很多的'作业'啊!"

"什么?妈妈也有作业?"我疑惑地瞪大了眼睛。

妈妈微笑着伸出一根手指,轻轻地在我的鼻梁上刮了一下:"怎么,你还不信?你看我每天要买菜、做饭、洗衣服、收拾家务；有时候还要去交网费、水电费；你的拉链坏了，我要帮你去修；单位事情多，晚上得备课，还要经常充电学习……"

我撇撇嘴巴，不屑一顾。

"有时候还会有紧急的'作业'出现，比如前两个月，你姥姥心脏病发作，住了十多天医院，我就得单位、医院、家里来回跑。"

是啊，那段时间，妈妈都累瘦了。

"爸爸不在家，咱家的新房子要装修，妈妈还要操心设计，跟着工人师傅买材料，你不是也想咱家新房装修得漂漂亮亮吗？"

我使劲儿地点点头。

对呀，妈妈喜欢跳舞，还经常参加演出。奇怪了，这么多的"作业"，她哪儿来的时间呢？

看着我疑惑的样子，妈妈一语道破天机："时间就像海绵里的水，只要挤，总是有的。想想你们数学上讲的统筹方法，时间是需要统筹的。你先做计划，学会合理安排、利用时间，做到劳逸结合，不仅不累，还能事半功倍。你说是不是啊？"

妈妈真有办法，我何不效仿妈妈，来个计划统筹？写作业和线上英语相结合，出去玩和社会实践活动相结合，这样即能保证完成作业，又能达到假期放松的目的。

对，就这么办！说做就做，我相信我一定能过个轻松又有意义的假期。

曲靖韭菜花

徐浩洋

我的家乡——曲靖，是一个很美的地方，那里的山美，水美，人美。来到曲靖游玩，你可别忘了品尝曲靖的美食，尤其是曲靖的韭菜花，那可是出了名的。

韭菜花是曲靖颇有名气的传统食品。据说，韭菜花的生产起源于清末，迄今已有一百余年的历史了。韭菜花是用新鲜韭菜花与苤蓝丝、辣椒混合在一起，经腌制而成的。因韭菜花味突出，故取名为韭菜花。

每年农历七八月间，是韭菜花制作的旺季。这时，曲靖的街头巷尾，到处都能见到洗净晒开的翠绿色的韭菜花和苤蓝丝以及红辣椒，这些都是为腌制韭菜花而准备的。

腌制韭菜花的主要材料是韭菜花、苤蓝丝和红辣椒，辅料是红糖、白酒等材料。因为韭菜花的制作比较简单，所以大部分曲靖居民都会自做自食，真是既经济实惠又方便。韭菜花也是我家餐桌上一道美味的开胃菜，我有了它，饭都能多吃一些呢。

近年来，为大力发展韭菜花特色产业，进一步扩大生产能力，满足市场需求，曲靖兴建了韭菜花、苤蓝等原料生产基地。

同时，工厂还对产品包装做了较大改进，有大包装、硬包装，也有小包装、软包装，还推出了各种风味的韭菜花，从各个方面适应了市场经济发展的需要，使得韭菜花深受广大消费者的好评。

如果您到曲靖游玩，千万不要忘了品尝这道曲靖最有名的小吃——韭菜花。

采风五部曲

卢晓怡

"采风记"写什么呢?坐在书桌前的我冥思苦想,一遍遍地"回放"昨天采风的过程。突然,我灵光一闪——这一路不正是由一首首"曲子"拼接而成的吗?不信,你看——

快乐上路曲

要去采风了!万分激动的我们都早早地来到校门口集合。经过一番漫长的等待,我们终于出发了!坐在舒服的大巴上,吹着凉爽的空调,别提多惬意了!看!艳婷同学和尧桃同学正出题目考同学们呢!这时,艳婷发话了:"现在请卢晓怡同学来回答下面这道题。"我一听到自己的名字就慌了,一脸茫然地站起来,疑惑地看着她俩。紧接着,尧桃开始读题目了:"'飞流直下三千尺,疑是银河落九天。'李白写的是哪一座山?……"我还没反应过来,她说的选项我一个都没有听清,一想到要在那么多人面前答题便觉得异常紧张,生怕答错了,被别人嘲笑。这时,我听见耳边有人在喊"C",为了快点儿脱离这令人窒息的窘境，便回答："C！"没想到，我却答错了！正确答案是"D——庐山"！我懊恼地坐下来，唉，谁让我紧张呢。这还不算完，我还得表演一个节目呢！幸好我准备了摘抄好句佳段的本子，于是，我匆匆地朗读了一篇《西瓜趣谈》便结束了。我瘫坐在椅子上，长长地吐了一口气。

自由漫步曲

过了一会儿，就到了我们此次出行的第一个目的地——湛江南亚热带植物园。在植物园里，路两旁都栽种着绿色植物，花开得鲜艳，草绿得可爱，树长得茂盛。虽然秋天已至，但我丝毫体会不到植物凋零的那种落寞之感，这里仍充满着勃勃生机。我漫步到了"珍稀植物园"前，心想："珍稀植物园？肯定有很多的奇花异草！"于是，在好奇心的驱使下，我走了进去。果然，我在这里见到了许多稀奇古怪的植物：种植在中国北部与中部的"国庆树"，挂着一条长"象鼻"的"象鼻棕"，像一个大酒瓶的"酒瓶兰"，百年难得一见的香水树"依兰"，可入药、作心脏强心剂的"马钱子"，甚至还有世界上最毒的植物之一"见血封喉"……这些植物让人眼花缭乱，目不暇接。我穿行在各种植物之间，清新的空气，让人心旷神怡。这空气中还夹杂着花香，时而淡淡的，时而馥郁着，争先恐后地钻进人们的鼻子里，沁人心脾。

呕吐晕车曲

现在，我们要出发去第二站——湛江港了！通往湛江港的这段路很曲折，坐在大巴车上的我们一开始还是兴高采烈的，接下来却萎靡不振了。这时，已经有很多同学撑不住了，纷纷呕吐起来。塑料袋便成了抢手货，刚拿出来一沓，一秒钟全给抢光了！我的四周充斥着别的同学呕吐的声音和呕吐物的酸臭味，在这种情况下，我感觉胃里一阵翻山倒海，脑子昏乎乎的，难受极了！于是，迫不得已的我只好使出撒手锏——睡觉。事遂人意，我就这样趴在椅子的扶手上，沉沉地睡着了。

坐船拍照曲

湛江港到了！我醒来，像刚出笼的小鸟一样快步冲出车门，接着大口大口地呼吸起新鲜空气。这空气中还有海水咸咸的味道。我放眼望去，看见几艘轮船正静静地泊在海面上，等待出港。这时，我们要上船了。这艘船叫"红岛3号"，是一艘乳白色的两层轮船，像一只振翅欲飞的白色海鸥。上了船，我便赶紧找了个好位置坐下来。这里是船第二层的平台，平台上放置着很多美观复古的椅子，是给游客观光休息用的。我贪婪地将海上景物尽收眼底，生怕遗漏了哪一处的风光。艳婷正在拍照，心血来潮的我也跑去凑热闹。我刚摆好一个姿势，正准备拍照，船体突然斜了一下，四周无所依靠的我，差点儿与地板来了一个"亲密接触"。第一次，失败。第二次，我举着一个剪刀手，绽放灿烂的笑容，心里正想着待会儿去欣赏欣赏自己的"靓照"呢！艳婷正要按快门，一阵大风突然从后面刮来，把我的头发吹得乱糟糟的，与鸟巢没啥区别。于是，第二次，失败。第三次我决心一定要成功，可是，这时船已经靠岸了。

自行车掉链曲

　　中午，我们去了螺岗岭吃午餐，之后便在那里逗留。螺岗岭是一座环境清幽的生态农庄，这里的蔬菜瓜果都是纯天然、无污染的绿色植物，是人们旅游用餐的胜地。听闻螺岗岭有一条登山道非常有名，所以我和同学们也想登一登。可是，一看到那漫长的水泥路，我们便都打起了退堂鼓。这时，小维老师和两个同学骑着一辆三人自行车从我们面前经过，径直驶向登山道，轻轻松松就跑了一半的路程。于是，我们便萌生了一个念头：去租车！说干就干，我们立即去租。终于，经过一番"口舌激战"后，我们骑上了自行车，飞快地驶上了登山道。正当我骑得过瘾时，突然间，脚下"吧嗒"一声，车便停了下来。我连忙下车查看，原来是车链掉了，而且已经卡在了车轴里！这时，朋友们已经远远地甩下我了，想求救也难了。于是，我尝试着将其修理好。先用树枝，可是一下子就断了。树枝不行，那就改用石头，可是石头根本塞不进车轴里。我只好亲自动手，可是即使弄得满手都是车油，也奈何不了这小小的车链。正当我急得团团转时，一个青年男子过来了，了解我的处境后，他爽快地说："没问题，包在我身上！"只见他蹲下来，仔细观察了车链的情况后，便开工了。经过一番打打敲敲后，车链修好了。于是，我谢过他，继续向山顶进发！

　　四点半的时候，我们坐上了回家的车，采风也落下了帷幕。在这短短的一天里，我经历了快乐、放松、难受、无奈和感动，让我难忘。

不该丢失的友情

顾齐惠

时代在发展,社会在进步,动车、飞机穿梭来去,高楼大厦鳞次栉比。进入了21世纪,旧貌换新颜,一切变化都是日新月异,可谁又知道,许多东西也因此丢失。当农家小屋不再有,邻里之间淡漠了;当碧野田间不再有,儿时玩伴消失了;当泥巴游戏不再有,欢声笑语停止了……

暑假期间的一天,我正在家里和同学闲聊,听见有人按门铃,便匆匆跑过去开门。透过猫眼一看,原来是送快递的。我很纳闷,最近妈妈没有网购,怎么会有快递呢?快递员问我是否是叫顾启慧,我疑惑地点点头。签完字,我接过那个不大不小的盒子,仔细地看了下粘贴在上面的快递单,一下子愣在那里——"顾黎落"!是的,"顾黎落"这三个清秀的字真真切切出现在我面前。

打开盒子,里面有封信,还有许多小饰品和塑料玩具。我如获至宝,小心翼翼地拆开信封,把信纸展平,慢慢地念着那一行行清秀的文字。那曾经封存的记忆,一下子全蹦了出来,就像一口袋的玻璃球散落在地。不知何时,泪珠已滑落在我的脸颊。

黎落说："我们何时能再走过那条河堤，何时能再一起堆雪人，何时能再相拥而眠？惠子，我在上海过得很好，你呢？算算已经有四年没见到你了，怪想你的。今年春节，爸妈打算回老家看看，我终于能和你见面了，等我回家哟。学习加油，考好大学！"信纸散发出阵阵栀子花香。我突然想起，黎落最喜欢栀子花了。

同学把信抢了过去，快速地研究了一下，然后很"庄重"地交到我手里，拍拍我的肩，笑着说："唉，还哭，好羡慕你呀！这个时代，还能收到一封儿时伙伴的手写信，真不容易。"我默然了。

现在想想，她说得还真不错。有了网络，聊天用微信、QQ，见面用视频，寄信用电子邮箱，一台电脑似乎完全改变了我们的生活，却也淡化了许多真情厚意，许多东西就这样随着文明的步伐渐行渐远。这，或许就是我落泪的原因吧。

生活还要继续，友情不该丢失。

父亲我想对您说

陈海钦

我想在每个人的生命当中，都会有这样的一个人：在你心情不好的时候，总是会默默地陪伴在你的身边；在你需要帮助的时候，总是会想尽办法去帮助你；在你做错事的时候，总是会去纠正和开导你……不善言语，只懂用行动来表达对你的关心、对你的爱。这种爱，如山一般，高大雄伟；如海一般，宽宏大量……

看到这里，你应该知道我在说谁了吧？没错，那个人就是——父亲。

我的父亲，不是一位教书育人的老师，也不是一位救死扶伤的医生，只是一位普通的治安队队员。他是平凡而伟大的。

记得他曾对我说过，他中考之后，本来可以上一个不错的高中，可是因为家中贫寒，而不得不放弃。我想，我对父亲的尊敬便是从那刻开始的。父亲曾告诉我："只要努力过，奋斗过，就不会有遗憾。"现在，这句话早已深深埋在我的心底。是的，父亲从不觉得他有什么遗憾，尽管最后他没有如愿去到理想的高中，尽管他曾经梦想的生活并非是现在这样平凡，可是他从未埋怨过父母，抱怨家中贫困。他只知道，他努力过，坚持过。

从小到大，父亲很少打骂我。在我迷茫时，在我哭泣时，在我自我放弃的时候，他总是站在我的立场，鼓励着我。不管我有多沮丧，他都能让鼓励的话语流入我的心间，让我重新相信自己。然而，每当我看见他那手上的老茧和丝丝白发，我还是有些难过，父亲，他终究是有些老了。

还记得有一次，我掉了钱，心里曾无数次地喊着不要和他们说！最后，我还是鼓起勇气决定和父母说，只是我心里还是有点儿忐忑不安。不出所料，母亲听说后，劈头盖脸就是一顿骂："你怎么那么不小心呢！你平时……"当时我的心里很难受，眼泪一直在眼眶里打转。父亲闻声走了过来，母亲便说起了缘由。父亲沉默了一会儿，便向门外走去。我呢？接着被骂。到了晚上，父亲来到了我的房间，从口袋里摸出了两张一百块钱放在我的书桌上。"这……"当我想说话的时候，只听到父亲说："拿去还给同学，下次小心点儿。"说完他便向门外走去。

想起父亲为我做的一点一滴，我的眼睛不知不觉红了。汪国真先生有首诗叫《感谢》："让我怎样感谢你／当我走向你的时候／我原想收获一缕春风／你却给了我整个春天／让我怎样感谢你／当我走向你的时候／我原想捧起一簇浪花／你却给了我整个海洋／让我怎样感谢你／当我走向你的时候／我原想撷取一枚红叶／你却给了我整个枫林／让我怎样感谢你／当我走向你的时候／我原想亲吻一朵雪花／你却给了我银色的世界。"

父亲我想对您说："愿您一生安好，还有，我爱您。"

久违的童心

宋星城

家乡有着美丽的夜景，月光洒落在田野里、屋顶上，月色朦胧，天地披着一件银白色的外衣，田野里也没有了阵阵鸟鸣。我却在这安静的夜晚找回了久违的童心。

我来到朋友家里参加她的生日聚会，她们在那里玩"奶油大战"。我不知什么时候也被她们搅了进去，和她们一起疯玩。

好像是她们把奶油涂在我的脸上，我才跟她们一起疯的。算了，不管了，我就陪她们玩到底吧，我脸上露出一丝奸笑。

呵呵呵……

我先用一根手指蘸了些奶油和她们打闹，可是她们全体进攻我，使我变得出离愤怒了。我在心里暗暗地说："惹恼姐，你们全都完了！"

我五指全蘸上了奶油，"枪林弹雨"地向她们攻击，不一会儿，她们脸上全长了"白胡子"。只见她们互相凝视，都哈哈大笑起来，看着她们那天真的笑脸，我也笑了。

俗话说得好，兵不厌诈。她们竟趁这个空当儿一起进攻我，我的脸都快变成圣诞老人了！我便全手抹了奶油，她们见状便像逃兵一样逃了,我穷追不舍,追上一个、两个、三个……

我看着她们那白白的脸,笑了起来,说:"现在,你们知道惹恼我的后果了吧!"她们也展开了笑颜,像阳光照射下灿烂的花朵一样,又像可爱的天使一般。

最终,我被爸爸训了一顿。虽然有些难过,但是我找回了久违的童心。

春叶里的秘密

范颖楠

星期五放学，我坐着妈妈的电动车回家。妈妈载着我，在沿河的小路上慢慢地行驶。我舒适地坐在后座，欣赏着路边迷人的春景。

一棵棵高大挺拔的香樟树如同威武的士兵，精神抖擞地站在路的两旁。粉红的桃花娇艳可爱，一团团，一簇簇，挤满了枝头，像给桃树戴上了一顶顶粉红的绒帽，真是"桃花一簇开无主，可爱深红爱浅红"。柳树梳着千万条细长的绿色小辫，清风徐来，那些小辫随风摆动，婀娜多姿……

好一番春日美景啊！突然，我看到了一幅"不和谐"的画面——柏油路上、草丛中，散落着许多或黄或红的落叶。风儿吹过，树叶飘飘悠悠地落了下来，和地上的落叶一起打着滚儿。电动车驶过，发出了"沙沙"的声响。都说春叶嫩绿，夏叶肥美，秋叶变黄，冬叶飘零，这些树叶秋冬的时候不掉，反而在这万物复苏的春天大把大把地掉下来，这是怎么回事呢？

我好奇地问妈妈，可她也回答不上来。一回到家，我就连忙上网查资料。原来，香樟树在春季落叶属于正常现象。香樟树属于常青树种，喜欢温暖湿润的气候，冬季不落叶。但它的叶子也是有寿命的，春天气候转暖，香樟树的新陈代谢加快，叶子就进入一个换新叶的过程，老叶子落下的同时，大量嫩绿的新叶不断抽出。香樟换叶过程比较缓慢，前后要持续一个月左右，在此期间，未落的树叶看上去会稍稍有些泛黄。

原来是这么回事！没想到春天的树叶里藏着这么有趣的秘密，大自然可真奇妙！

你为我种下春天

李剑红

每当植树节来临的时候,我都会在自家的花园里种下一棵小果树。因为我知道,有一天小果树会长成参天大树,这些果树会开出花,结出果子。提起植树节,我就会回忆起自己的童年,我会想起我那位慈爱的姥爷。

记得我五岁的时候,有一天,姥爷外出办事回来,他手里拿着一棵小树苗,姥爷拉着我的小手说:"小红,今天是植树节,你愿不愿意和姥爷一起种树啊?"我高兴地连连点头:"我当然愿意了!"于是,姥爷把小树苗交到我的手中,他自己右手提了一桶水,左手拿着铁锹,把我带到菜园里。姥爷在菜园里挖了一个土坑,在坑里倒了一些水,然后姥爷把小树苗笔直地栽种到土坑里,让我用手扶着,姥爷开始培土。姥爷一边培土,一边对我说:"小红,这不是一棵普通的小树苗,这是一棵果树苗,过几年,你就能吃到果树结的果子了!"我高兴地说:"姥爷,那太好了!是苹果树吗?""不是的,这是海棠果树。"姥爷慈爱地回答。"嗯,那我就能吃到海棠果了!太好了!"我高兴地说。

姥爷种的这棵小树,渐渐地长高了,两年以后,小树已经长得非常高。秋天，姥爷开始为这棵小果树修枝、打杈。我对姥爷说："姥爷，您为什么要把小树枝剪掉啊？您剪掉了小树枝，小树会不会死啊？"姥爷回答说："小红，小树不会死的。小树如果不剪枝，就长不直啊！就像人一样，小红，你就像这棵小树，你上学以后，有了坏习惯，老师也会为你'剪枝'，让你改掉坏习惯，健康地成长。小果树如果不剪枝，就不会结出果子。小红，如果没人为你'剪枝'，你就无法成才。小树在冬天的时候，没有一片叶子，但是，只要春天来了，就会发出嫩绿的新芽。小红，你记住姥爷的话，无论冬天怎样寒冷，冬天过后一定是春天。小红，再过两年呀，你就等着吃果子吧！"

姥爷的话没说错，又过了两年，这棵果树真的开花了，并且结出了一串串绿色的小果子，小果子一天天地慢慢长大，亦如我一天天地成长着。海棠果大约长到直径三厘米的时候，在阳光的照耀下，慢慢地变成亮丽的水红色，果子成熟了。姥爷摘下第一颗红果子送到我手里时，我的心里充满了喜悦。我吃到了姥爷亲手种下的第一颗海棠果，真是又脆又甜。看着姥爷那慈爱的笑容，好像比他自己吃果子还高兴呢！

以后的几年，这棵海棠果树的果子越结越多，姥姥家那个村里的乡亲们也有口福了，他们都吃到了姥姥家送的海棠果。

如今，我的姥姥和姥爷已经去世多年，我也经历了风霜雨雪，但是我从来没有丧失过信心，因为姥爷曾经告诉过我，冬天过后，一定是春天。

现在，我们仍然能吃到姥爷亲手栽种的海棠果树结的红果子。姥爷种下的不仅仅是果树，他为我种下的是整个春天，他把春天种在了我幼小的心灵里，让春天在我心里生根。

慈爱的姥爷，请让我在植树节这一天来纪念您，因为在这一天，您为我种下了美丽的春天。

我们班的劳动委员

方　颖

说起我们班的劳动委员,全班同学对他无不竖起大拇指。

劳动委员名叫朱仲旭,个子不高也不矮,头发乌黑油亮,瘦削的脸蛋白得像凝膏,特别是那一双眼睛哟,大大的,亮亮的,忽闪起来赛过天上眨眼的星星,是一个很俊俏的小男孩儿呢。

刚上一年级头一天,朱仲旭就表现出了不一般。"老师,墙角有一张废纸,我捡起来丢进垃圾桶里,好吗?"稚嫩的声音在老师面前响起,老师马上大步走到他身边,俯下身,捧起他的脸,笑呵呵地问:"小朋友,你叫什么名字呀?""我叫朱仲旭。""你真棒,这么小就热爱劳动,热爱清洁卫生,保护环境。"停顿了一会儿,老师又说:"朱仲旭同学。老师想把一个'官'给你当,你高兴吗?"他怔怔地张大眼睛望着老师:"什么'官'呀?""劳动委员。""劳动委员是干什么的呀?""劳动委员呀,就是监督、带头和负责我们班上劳动方面的事情,比如擦黑板呀、擦窗子呀、摆桌子呀、扫垃圾呀,等等。""好啊,我最喜欢劳动了。"

就这样,从一年级开始,直到今年五年级,朱仲旭一直都是我们班的劳动委员。每次班上或学校里举办大扫除或其他什么活动，他都以身作则，积极带头参加，而且他干完自己的活又去帮助别人。有一次全校大扫除，他和另一位男生负责打扫会议室，可是还没开始做，那位男生就弯腰捂起了肚子，说肚子疼。他让那个同学休息，他一个人干。只见他一会儿端着脸盆打水洒水，一会儿弯腰扫扫这里、扫扫那里，扫好后又擦桌子、擦凳子，忙得不可开交，身上的衣服都被汗水湿透了……最后评比时，没想到，他独自打扫的会议室是最干净的一个片区。

还有一次，正在上语文课，突然有个同学不舒服吐了，吐出来的秽物溅了一大摊在地上，老师提议哪个同学拿扫帚清扫一下，可大多数同学都不愿去扫，说气味太难闻了，甚至有的同学还捂着鼻子避得远远的。"老师，我来扫。"突然，一个清脆的声音响彻在教室，我转头一看，正是朱仲旭。他像一只灵巧的小兔子，飞快跑到门后面找出扫帚和铲子，紧接着又跑到操场上铲些灰进来倒在秽物上，扫得干干净净后，又把秽物装进铲子提到外面倒进了垃圾桶里。

每天早晨，朱仲旭都第一个赶到教室，把黑板擦得纤尘不染；下午放学时，他总是最后一个走，他要等值日生把地扫完后检查一下，如果哪里没扫好，他还要帮助打扫一下。正因为有这样一位兢兢业业、任劳任怨的劳动委员，我们班才年年都荣获全校"文明班级"称号。

酸甜苦辣话考试

董豪先

本人虽年方十一,但也算是久经考场。从无数场大大小小的考试中,我品出考试其实就是一盘掺杂了酸甜苦辣的多味菜。

酸——发试卷时,看到同学们那一个个高高低低的分数,我总会掩着试卷迫不及待地躲到"荒无人烟"之处。知道了自己的分数之后,我或自鸣得意,或自叹弗如。这种滋味就像吃了个酸杏儿似的,酸过之后,我吃饭倍儿香,读书倍儿棒,学习倍儿努力,暗下决心等着下次考试大展拳脚。

甜——一年一度的语文竞赛又开始了,当监考老师发下试卷后,我粗略地看了一眼,心里大喜过望,大部分题目都很简单嘛!要是现在监考老师不在,我真想带着全班同学一起高呼:"万岁!万岁!"这种滋味儿,那叫一个甜!

苦——每当临近期末,我的日子就会变得很苦。大堆的作业都张开大嘴等着我填满,有时作业做得太晚,我还会"长"出对熊猫眼。最苦的要算期末考试后了。要是我没考好,回去肯定又要被妈妈臭训一顿。末了,还指不定要吃一盘"炒苦瓜"。

辣——为了对我拔高要求,妈妈有时会给我做一些超高难度的竞赛卷。面对着那一道道难题，我只觉得眼里、鼻子里辣味冲天，有时连不争气的眼泪都要掉出来了。最后我只能不管三七二十一，胡乱填上个答案。

酸甜苦辣的考试，就像生活中的调味料，伴着我成长。

别样的严冬

项玉婷

随着深秋悄然离去的脚步,秋的凄凉与凝重也远远逝去。冬迫不及待地挣开尘世的枷锁,它带着刺骨的寒风与绒绒的白雪来了。冬天的到来给人以寒冷,但是冬天来了,不是也别有一番情趣吗?

一切都睡熟了,朦朦胧胧的样子让人好生怜爱。小草偷偷地躲到地下去了,湖面慢慢地变得平静了,叶子飘飘然地躺下了……

风儿也"呼呼"地吹起来了,调皮地拍着窗户,惹得窗户"咯咯"直笑。它扑打着孩子们通红通红的脸庞,也吹皱了平静的湖面,水面漾起圈圈涟漪。

清晨,我坐上爷爷早已过时了的自行车,任寒冷的风在我脸上肆虐,却似乎已经没有了感觉,或许是冻得麻木了吧。路边花的芬芳吸引了我的注意。附近有个小公园,各种各样的花开得正艳。看哪,那兰花美妙的姿态,似蝶非蝶。树上的玉兰花,一团团,一簇簇,如皑皑白雪挂在枝头,有几多清幽淡雅,高贵如仙子。还有一旁的梅花,那花白里透红,如片片晶莹剔透的水晶;

又可谓"梅须逊雪三分白,雪却输梅一段香"。

不知不觉中,已经到了校园。步入校园,园中的青松翠竹傲然挺立,给人以振奋的感觉。用他们的绿色装点着自然,显得它更加青春而富有活力。

冬日的风景一点儿也不输给春、夏、秋三季,可以说是别具风采,给人以别样的享受!

父爱，触动了我的心

何　英

　　风起了，它不说，只吹来一片清爽；雨来了，它不说，只留下一缕清香；鸟飞过，它不说，只将印记铭刻于人们心间；爱我，他不说，可是却触动了我的心。

　　父亲是一个少言寡语的人，他那高大的身影，总是为我遮风挡雨，十多年如一日，为我做这做那，却从不说什么……

　　转校后，我像离巢的雏鸟，开始了住校生活。春花秋月，夏雨冬雪，父亲一次次以相同的路线、相同的姿势、相同的告别，送我去车站。改变的，只有坐在车中愈行愈速、不断长大的我和渐行渐远、逐渐老去的父亲的背影。我们像被生活拉开的两条平行线。

　　有时，我也会为此伤感。

　　又是周末回家的日子，我快乐地与妈妈谈论着班里的趣事，谈论着想去买本《草房子》。父亲呢，只是坐在一旁，好像在思考着什么，时不时在嘴角挂一抹笑意。

　　下一周，我回来了，收一收疲倦，回到房间，看到桌面上静静地躺着那本书——被我遗忘的没有寻找到的《草房子》。我想，母亲真是体贴又仔细。晚饭时，依旧是母亲谈笑风生，父亲只是安静地微笑，我感到了一本书的分量与温暖。

十天如水般流过，我又回到了熟悉的小屋。书桌上，一个新耳机静静地等待着我，这是怎么回事？想了许久，才想起上周跟妈妈提过旧耳机"寿终正寝"的事。我开心极了，蹦蹦跳跳地跑到母亲面前："好妈妈，谢谢你！给我买了耳机！"母亲却只是淡然一笑，摇摇头："不是我买的，我没有那么细心啊。"

这时，父亲从外面进来，依旧一声不响……

从那时起，书桌成了藏宝地，在我受伤时，传递给我最需要的温暖。

爸爸，对不起。这么多年，你不说，你一直在听我说，听你小小的女儿傻笑着说出自己的愿望；你只做，你为我做，用你宽大的肩膀承起我小小的天空，你总是偷偷地为我种下一朵朵百合。我高傲地扬着头，浑然不知。爸爸，对不起，我终于理解了你那不说话的心情，只是，竟用了十多年。

风起了，它不说，留下清爽；雨来了，它不说，洒下清香；父亲呢，他不说，等待着女儿低下头看那遍野的百合。从过去到现在，从现在到将来，我用悔恨又感恩的泪，浇灌那心灵的苗圃。这就是父爱，触动我心灵的爱。

说，可以叫爱；做，可以叫爱。触动我心灵的，是父爱，是父亲只做不说的爱。

太辣金星就是我

秋天的信使

岳宗轩

星期天，我们一家人去人民公园游玩。我发现，秋天到了。你猜，我是怎样知道的？因为我看见了秋天的信使。它是谁呢？它就是——银杏叶。

银杏树很美，宝塔般的外形，给人一种神圣的感觉。但秋天里的银杏，最美的不是树，而是叶子。金黄色的银杏叶像一把把小扇子，发丝般细的纹路镶嵌在它薄如丝绸般的叶片上。它的茎虽细，但却笔直且有韧性。叶子的边缘呈波纹状，像小姑娘裙子的花边，展现出一种特殊的美。我发现这时的银杏叶子的两面呈现出不同的颜色，一面是金黄色，另一面却是淡黄色，应该是阳光照射形成的吧。

现在，美丽的银杏叶已经有一部分变成了金黄色，但它们好像都很"胆小"，不知是不敢，还是不情愿离开大树妈妈，都高高地挂在树上，紧紧抓住"妈妈"的"手"不肯松开。当然，人有胆大的，树叶一定也有！你看，那几个"胆大"的小叶子，正纷纷跳着优美的舞蹈，投入了大地妈妈的怀抱。它们的舞姿各不相同，有的旋转着，跳着轻快的芭蕾；有的摇摆着，跳着动感的街舞。一阵微风吹过，树上的叶子都摇曳着，发出"簌簌"的声音，像是在为刚才跳下去的树叶的勇气和舞姿而鼓掌。躺在地上的小叶子也许是跳了一路，累了，都安静地在大地妈妈的怀里睡着了。

我弯腰拾起一片叶子闻了闻，有一股淡淡的芳香，很好闻。我想，那就是大地和秋天的味道吧。临走前，我还捡了几片放进手心，小心翼翼地握住。我想，这就是秋天送给我的礼物吧，我一定要好好珍藏。

我喜爱秋天，更喜爱秋天里的银杏叶。

雨

陆吴浩

今天早晨的天空看起来似乎很晴朗,你看,晴空碧蓝如洗,云朵洁白如练。可是,好景不长,才过了个把钟头,大片大片的乌云就将太阳公公遮得严严实实的。这时的天空,更像是一个顽皮的灰头土脸的孩子。

突然,"轰——"的一声,天空打雷了,不一会儿,雨便淅淅沥沥下了起来。雨丝儿像一根根细长的银针,在微风中悠悠地摇曳。这点儿小雨算不了什么,农民伯伯们依然在庄稼地里辛勤劳作着,鸟儿也在空中盘旋着,在电线上亲热地呼朋引伴,卖弄清脆的歌喉。天公好像被大家感染了,于是命令雷公停止打雷、雨婆停止下雨。不大一会儿,细雨便止住了前行的脚步。

可是,雷公似乎并不服气,又接连打了几记响雷,号召雨婆不要停止下雨。于是,雨又下了起来,比刚才更急、更猛。雨婆似乎要使出浑身解数,把所有蓄积的雨水全部毫不留情地倾洒到人间。雨线密密麻麻地交织着,织出铺天盖地的一张庞大的雨网。雨借风势,风助雨急。向远处看去,各家屋顶上全罩着一层雨纱,朦朦胧胧,隐隐约约,视线逐渐变得模糊起来。野花遍地都是，它们在大雨中欢快地洗着澡，好像蒙着面纱的美女。

突然，天空又响起了几声雷。雨变得空前的急，空前的猛，农民伯伯们终于抵挡不住急雨，纷纷一路小跑，赶紧躲到家中。鸟儿也坚持不住，纷纷飞到屋檐下避雨。

雨来得急，也走得急。不一会儿，雨就停止了。一道彩虹高悬天空，天又重新放晴了。

游古文化街

付 昊

前几天,我参观了天津古文化街。很幸运的是,在去古文化街的途中,我先领略了被誉为天津卫"三宗宝"之一的鼓楼的风采。

登上用青砖砌成的鼓楼方形城台,古文化街的景色尽收眼底。我一边欣赏街景,一边继续攀登,到了上面,只见鼓楼中央悬挂着一口高近两米、重达三吨的铜钟。我用尽全力,连敲三下,悠扬古朴的钟声飘荡出去,余音袅袅,真是"高敞快登临,看七十二沽往来帆影;繁华谁唤醒,听一百八杵早晚钟声"。

从鼓楼上下来,我一直往东行,穿过高达十米、刻有"津门故里"的牌楼,来到了古文化街上的天津民俗博物馆所在地——天后宫。

天后宫坐西朝东,面对海河,距今有近八百年的历史。整个天后宫用青砖青瓦建成,飞檐斗拱,造型古朴典雅,十分别致。

站在天后宫前,首先映入眼帘的是山门门额上整砖镌刻的"敕建天后宫"五个烫金大字。走进山门,穿过高大宽阔的前殿,向西就到了天后宫的主体建筑——正殿。这里气势恢宏,香火不断。大殿里供奉的天后神像头戴凤冠，身披霞帔，神情端庄祥和。

出了天后宫，就看见广场上正在举行盛大的庙会。远处，戏楼上古雅的唱腔荡气回肠；近处，翩翩起舞的高跷步伐轻盈，舞动的金狮威风凛凛，翻飞的巨龙气势夺人……这里锣鼓喧天，观者如云，掌声如潮，好一派热闹非凡的景象。

离开广场，我又来到了熙熙攘攘的宫南大街和宫北大街。街道两旁的仿清店铺鳞次栉比，各种商品琳琅满目。只见架子板上贴满了火红火红的福字儿、吊钱儿、剪纸和对联；货架上挂满了大红的灯笼和中国结。身着唐装的人们宛如锦鲤穿梭在水中一样欢畅，这里真是红色的海洋！

咬一口一兜油的"狗不理"包子；掰一块嘎嘣脆的"十八街"麻花；吃一串"皮上不沾毛"的"丁大少"糖堆儿；喝一碗香甜浓郁的杨氏"龙嘴大茶壶"茶汤；买一张"连年有余"的杨柳青年画；捏一个"泥人张"的"虎来福"；放一只"风筝魏"的"喜羊羊"；吹一个栩栩如生的"大刀将军"——螳螂……

古文化街津味十足，犹如一坛窖香百年的老酒，令人回味无穷。

假如我是一缕阳光

郝翰文

课堂上,老师正在讲解一道数学难题。此时,一缕缕阳光从窗户里温柔地探进来,在我的脸上轻轻地爱抚着……不知不觉间,我也变成了一缕阳光!

我跟随着春姑娘,来到了农民伯伯的庄稼地里,那些植物一见我来了,便一起喊道:"我们欢迎你!我们欢迎你!"我便热情地拥抱了它们!它们都美美地沐浴在我的怀抱里,吐出了一口又一口新鲜的氧气。这时,春姑娘催促我说:"快走吧!"我只好恋恋不舍地离开了这里。

我紧跟着春姑娘的脚步,一路小跑,来到了一家医院。春姑娘牵引着我的手,在窗帘拉开的一瞬间,我悄悄地钻了进去。房间里,一位老奶奶病恹恹地躺在病床上,看样子病得很重。于是,我偷偷地爬到她瘦削的脸上,我尽情地抚摸着她的脸……过了好久好久,老奶奶终于睁开了眼睛,露出了甜甜的笑容,见此情景,我和春姑娘也露出了笑脸。

我正陶醉时,春姑娘拉了我一把,便把我带出了病房。她带我来到一个陌生的角落,这是一条很窄的小巷,四周阴暗得很。

忽然，耳边传来一阵紧似一阵的争吵声——"你必须赔我钱！你把我的小木船踩坏了！""我真的不是故意的，我真的是没看清地上有你的小木船，所以才不小心踩坏的！"我终于明白了，只是一件小事引起的纠纷啊！于是，我使出全身的力量，用内心的温暖去感化他们，在我的不懈努力下，这两个人终于化干戈为玉帛，小巷重回宁静。

"你又做了一件有意义的事！"春姑娘兴奋地对我说。听了春姑娘的赞叹，我格外自豪！我又拉起春姑娘的手，我们继续上路……

太辣金星就是我

胡谕璇

太白金星大家都知道，他是在《西游记》里大出风头的人物。可你知道吗？除了太白金星，天庭还有太辣金星（也就是我）、太甜金星、太苦金星、太咸金星呢！

最近，太白金星要退休了，玉帝让我们四星来比一比，谁最厉害就给谁升职，成为新一代的太白金星。

我们四星采用了同样的战术——选择一个地方进行改造。我溜达来溜达去，终于选中了一块风水宝地。我把手中的一串辣椒蘸了些辣椒水，轻轻一挥（那串辣椒相当于其他神仙手中的拂尘、柳枝之类的，辣椒水就相当于玉露啦），那地方顿时变成了火辣辣的海洋。

我变成一个农民，下凡去视察自己的改造效果。妈呀，那真是一片辣椒的世界！所有的居民都变成了辣椒的狂热粉丝，辣椒代替大米成为了主食，市场上，最受欢迎的魔鬼椒都快脱销了。小孩像吃糖一样"咔吧咔吧"地嚼着辣椒，渴了就喝辣椒水。超市里出售辣椒口味的汽水、辣椒口味的牙膏、辣椒口味的冰激凌……就连婴儿来到这个世界，第一眼看到的也不是妈妈，而是一串辣椒。

在这个世界，牲畜和家禽的饲料都是辣椒，它们的后代因此被动物学家称为辣牛、辣羊、辣猪、辣鸡、辣鸭、辣鹅。植物学家在这里嫁接出了辣花、辣树，科学家发现了辣维空间，吉尼斯世界纪录不得不承认这里是世界第一辣地区，世界各地的许多辣椒爱好者纷纷迁移到此。

我感到心满意足，便去看看三位竞争对手的情况。太甜金星培养出来的人满嘴甜言蜜语，毫无杀伤力；太咸金星培养出来的人浑身上下散发出一股咸鱼的味道，好像整天泡在海水里；太苦金星的情况更惨——人们不愿意日子过得比黄连还苦，差点儿把太苦金星暴打一顿……还是我的情况最好！我培养出来的人身上都有一股辣椒般的霸气，简直是战无不胜呀！

玉帝如约奖励了我，我终于升职啦！

永远的珍藏

孟平蕴

下午,闲在家没事做,我翻开了那本泛黄的老相册。这是一本有两本字典叠起来那么厚的相册。

很多张照片映入眼帘,有爸爸妈妈的,还有哥哥姐姐的……一页页翻过去,当看到这张时,我停住了。

照片上有五个小女孩儿,她们穿着一模一样的天鹅舞裙。她们站在舞台上,身后的帷幕上是许多棵向日葵。向日葵金黄色的笑脸和她们灿烂的笑容交相辉映,映在观众的眼里,更映在观众的心里。看着它,我笑了。因为这让我想起了童年。

那是八年前的事儿了,那年我六岁,上幼儿园大班。有一天,老师突然点到我和其他四个女孩儿的名字。原来,幼儿园要举办"庆六一"联欢会,我们五个要参加舞蹈表演,幼小的我很开心,因为从小到大我最爱唱唱跳跳了,同时也很紧张。这是光荣的!别人可没有这个机会!我下定决心一定要认真排练!

有一次,老师给我放了一天假,让我和父母一起去买舞裙。试穿舞裙时,我看着镜子中的自己,如公主般美丽。我想象着伙伴们穿上舞裙的样子,我兴奋地带着舞裙回到了幼儿园,让伙伴们穿上了,个个似仙女!

演出那天,我们骄傲地在舞台上又唱又跳,我们表演的舞蹈是《春天在哪里》。我们就像春天里的小蜜蜂和小鸟般自由自在、无拘无束地演绎着自己的幸福生活。最后合影时,我感到好幸福啊!回忆过去付出的种种,我"醉"了!像掉进了糖果池子,好甜!好甜!我觉得自己是天下最快乐的女孩儿!

如今,时光荏苒,我只能默默回忆了!我小心翼翼地把照片夹进相册,我要让它成为永远的珍藏!

走进敬老院

王逸泉

孝是中华民族的传统美德，世界无处不充满"孝"。自古以来，"孝"是立身处世的最基本道德规范之一。"孝"的观念源远流长，甲骨文中就出现了"孝"字，这表明在公元前，中华民族就有了"孝"的观念。

百善孝为先，对于青少年来说，可能还无法那么完美地诠释它，但是我们要尽我们最大努力去诠释它，让它变得更有意义，而不是徒有虚名。

这次，我们学校组织了一次慰问老人的活动，我也积极报名参加了。

走进敬老院，我感到了浓烈的和善气氛，爷爷奶奶们见到我们非常高兴，一位爷爷拄着拐杖，咧开了嘴，露出几颗牙齿，用含糊不清的方言说："欢迎，欢迎呀，欢迎你们的到来！"随后，我们为这些爷爷奶奶们表演节目，在表演的过程中，爷爷奶奶们非常激动，不断地鼓掌，甚至有些爷爷奶奶还跟着我们一起舞动了起来，像老顽童一样。我们和他们一起载歌载舞，从头到尾他们都乐得合不拢嘴。

表演完节目，我们为爷爷奶奶送上了礼品，然后陪他们聊聊天，给他们捶捶背，为他们打扫打扫房间。最后，我们又扶着这些"老顽童"一起到院子里合了一张影，记录下这美好的一刻。"同学们，我们该回学校继续上课了！"老师说道，"和爷爷奶奶们再见吧！"听到这句话，我们心中充满了不舍，这句话像利剑一般斩断了我们与老人之间的最后一丝交流，老人们握着我们的手，含着泪花说道："再见！再见！要好好学习，常来啊！再见！"

通过这次活动，更让我明白了，老人们最大的快乐与幸福便是儿女的陪伴。老人们每天都过得很好，可却很少有真正的快乐。所以，我们应该关爱他们，让他们不再孤独。

窗 里 窗 外

吕政仪

鸟叫声渐渐稠密，唧唧，啁啁，填满我的窗口。冬天已经走了，春天真的来了。鸟儿笃定而愉悦地传播着讯息，我却只能躺在病床上——别忘了，春天还有流感呢。

病中，我整个人像搁浅在沙滩上的鱼，躺在床上干瞪着天花板，什么都在想，又什么也没想，只是头上笼罩着病的忧悒。忽然间，一阵清脆的童音传入我的耳朵——不成曲调的儿歌，大概是主人自编自创的，却洋溢着纯粹的快乐。我好奇地爬下床走到窗前，"哗啦"一下推开紧闭的窗，探出头去看。

原来是楼下邻居的小女孩儿在院子里唱歌。她听到声音立刻抬起头，一见是我就笑着喊："姐姐，姐姐你看，我唱歌给花听，它就跳舞给我看呢！"接着又唱了起来。我看见女孩儿家院子里种了几株平凡不过的油菜，这时候却开得繁盛至极，它们轻轻地摆动着身姿，果真是跟着女孩儿的旋律在跳舞。

真好啊。生命与生命之间，一定存在着某条秘密通道，相互抵达，温暖且欢喜。那来自东方的风，饱满而湿润，轻吻着怒放的花朵，抚弄着女孩儿的小辫儿，拨动着我飞扬的发梢。这亲切的温柔好像一下子使我阻塞的呼吸通畅了，原本混沌的思想也被拂去一层模糊的水雾。不过是不经意间打开了一扇窗，我却像赚得了一个久违的春天。

索性，我把房间的另一扇窗也打开了。这是一扇有树叶的小牖，圆圆扁扁的小叶子像门帘上绿色的亮片，脆嫩得很。风吹进来了，它们"唰唰"地晃荡起来，我似乎还听见了嘻嘻哈哈的笑声，多像一群小顽童在比赛荡秋千！阳光也洒进来了，光线细细地晒在空气里，深深浅浅的亮块栖在窗前的藤椅上微微颤动。

我突然感到自然是多么神奇，它总能在不经意间美得那么触目惊心，让人瞬间也诗意柔软起来。

我坐到藤椅里，阳光似乎在身上积起毛茸茸的一层，我的每个细胞都苏醒过来，好奇地审视这新的世界。这时我看到桌上的茶杯下压着的纸条："生病也是一种福，一门心思地享受时光吧。"

我笑了。当病痛与我不期而遇，我终于让自己的脚步慢下来。我可以长时间地听鸟叫，看花开；我可以花整个下午的时间，听一段嫩嫩的歌谣，看一扇绿意盎然的窗。

窗外，葱茏的春天由远而近。窗内，我把每一寸明媚甜蜜的阳光织成一个清朗的好心情。

妈，情人节快乐

卢子睿

2月14日这天，姑父送我一盒巧克力。我又惊又喜：今天不是情人节吗？姑父是不是送错人啦？我愣了半天……管他呢，反正我最爱吃巧克力啦，不要白不要——姑父疼爱侄女也没错嘛。

打开盒子，几个心形巧克力静静地卧在里面，太精致了！小小的巧克力用黄、白、红、绿几种不同颜色的纸包裹着。温暖的阳光透过窗户照进来，一颗颗巧克力闪着迷人的光彩，如同颗颗宝石。我满心欢喜地捏起一个，手一颤，巧克力掉到了地上。刹那间，我忽然想道："今天是情人节。爸爸平时比较粗心，肯定不会给妈妈买礼物的。要不，我替爸爸给妈妈准备情人节礼物？来个借花献佛？"想到这儿，我立即行动起来，把巧克力捡起来，上下看了看，形状完好，我又吹了吹，生怕纸上留下一丁点儿灰迹，然后小心翼翼地把巧克力放回盒子里。

我找了一张亮晶晶印着玫瑰花的包装纸，包上巧克力，偷偷摸摸进入爸妈的房间。太好了，没人在！我把巧克力放到包装纸正中间，上折，下折，左折，右折，再用双面胶在上面粘了一粒粉红色拉花，又把一张卡片压在礼盒下，上面写着："妈妈辛苦了,女儿替爸爸祝您情人节快乐,永远年轻,天天开心!我们爱您!"我把礼物放在床头柜上,心满意足地关上了房门。

晚上,我躺在床上正准备睡觉,忽然听到妈妈既惊讶又兴奋的叫声:"咦,这是谁送的礼物?"我的心跳立刻加速,竖着耳朵,瞪着眼睛,静静地等候——"这小妮儿真有心!"紧接着,我听到了妈妈的脚步声,赶忙闭上眼睛装睡。妈妈"啵啵"亲了我几口,摸了摸我的脸,站了一会儿,关上门走了。

我笑着进入了梦乡,梦里我看到妈妈正慢慢品尝着丝滑的巧克力,妈妈的脸上带着幸福的微笑。

就听你的

吴淑凝

吃过午饭,我们一家人各忙各的。妈妈在书桌前写教案,爸爸在电脑前忙公务,我百无聊赖地坐在沙发上翻书。家里安静得出奇。

这时,我放下书,往沙发上一躺,哀号道:"太无聊了!要是有人陪我玩儿该多好啊!"

爸爸妈妈听了我的话,交换了一下眼神。他们走过来,坐到我的身旁。咦?这俩人今天怎么都有点儿反常?

妈妈看着我,笑嘻嘻地说:"你这么孤单,要不,爸爸妈妈再给你添个弟弟或者妹妹?"噢!原来他们是准备生二胎,在探我的口风啊!爸爸也一脸期盼地看着我。我低着头,想了一会儿,郑重地说:"算了,还是不要了吧!"妈妈拉着我的手说:"你不是嫌寂寞吗?有个小妹妹陪你多好。你放心,即使有了小妹妹,我们也会一如既往地爱你!""你们误会我了!"我抬起头,委屈地说,"如果有妹妹,我很愿意和她分享你们的爱。"

"那你为什么不同意呢?"爸爸一脸疑惑。我给他俩上起了课:"先说妈妈吧!你身体向来不好,又一直教低年级,一个星期有十几节课，还要当班主任。每天下班一回来就瘫在沙发上，话都不想说，家里再多个孩子，不是要你的命吗？"爸爸插嘴道："我的身体可是倍儿棒啊！我要带个孩子不是张飞吃豆芽——小菜一碟吗？"我一脸鄙视地说："你每天那么多应酬，晚上回来我都上床睡觉了。等你回来带宝宝，黄花菜都凉了！"

　　妈妈语重心长地对我说："爸爸妈妈也是为了你的将来着想。独生子女夫妻照顾四个老人太辛苦，有个兄弟姐妹帮着分担多好。"我说："这算什么大事啊？照顾你们是我义不容辞的责任。再说，你们的健康才是最重要的，别为了我的将来累垮了自己的身体！"

　　爸爸妈妈听了我的这番话，吃惊不小。爸爸笑着说："好，就听你的。爸爸妈妈就等着享你的福了！"我拍着胸脯，自信满满地说："你们的女儿将来一定会有大出息的！放心吧！"

我家的"丁老肥"

杜治潘

"丁老肥"是我家的猫,这名字听起来怪怪的,但我给它取这名是有原因的。

"丁老肥"先前的名字叫丁小菲,它来我家已经有三年了。一开始它挺自觉,每天的食量控制得比较好,长得不瘦也不胖。每天还坚持锻炼一小时,抓抓鸡,爬爬树,捉捉蝴蝶。可不知从什么时候起,它的活动就只有懒懒地晒太阳。可这还不算,有时还不到饭点,它就跑到厨房里转悠,要么跳到你的怀里"喵喵"地撒娇,要么故意亮出锋利的爪子,明摆着"威胁"你。如果你依然不理睬它的话,它就使出最后一招——把你抓成一个大花脸。就这样,贪吃的它慢慢地变成了一只大肥猫,名字也被我们改成了"丁老肥"。

当然,做主人的我不能眼睁睁地看它自由散漫,糟蹋了好身材。它不运动,我自有妙计:拿一个小鱼干,故意在它面前晃来晃去,等它跳起来准备吃时掉头就跑,这馋东西在后面紧紧追赶。狂奔了一会儿,我又使出第二招:叫来哥哥,让他站在院子的那一边,我站在这一边。我把吃的扔过去,"丁老肥"去追,哥哥先捡到，他又扔给我。就这样，来来回回一下午，"丁老肥"累得呼呼直喘气。

怎么样，听了我的介绍，你是不是很想见见这位"丁老肥"？"哐——"，什么声音？"喵呜——"，我跑进厨房一看，碗、盘子、锅什么的散了一地。"丁老肥"今晚是难逃爸妈的训斥了。

一切都是最好的安排

姚蒙蒙

刚把家里的事情处理完,爸爸妈妈就急匆匆地去上海打工了,只留下我和四岁的弟弟与奶奶一起生活。我知道,他们这一走就是一年半载的,连接我们的,只有那一部小小的手机。

对于这样的离别,我早已习惯,虽有万般无奈,可依旧挡不住他们对生活的向往和他们渐行渐远的身影。我和弟弟都清楚,爸爸妈妈背井离乡,都是为了我们姐弟俩可以更快乐地生活。记得妈妈上车时,吻了吻我的额头,刹那间,我的心颤抖了一下,不知不觉,泪水已经模糊了视线。爸爸看到了我的样子,微笑着说:"要坚强,再苦再难都要好好学习。"可是,一个转身,我的心就被离别的不舍撕得粉碎。

我好想把时光留住啊,在这灿烂的夏日里拥抱爸爸妈妈温暖的肩膀。然而,列车的轰鸣声却是那么刺耳。我和弟弟像一对迷路的羔羊,呆呆地看着列车缓缓驶向远方……

爸爸妈妈不在身边,我的生活变得那么单调和无聊。每天放学,回到分外冷清的家,我总觉得少了些什么。做饭、洗衣、做作业、照顾弟弟,这些事看起来再普通不过了,是不是?但是,我的心里却隐藏着一种无以复加的惆怅。弟弟年龄小，总是吵着闹着要找妈妈，每当此时，我总要编出一个善意的谎言，告诉他，第二天他们就会回来的。可第二天，依旧是我和弟弟两个人与奶奶相依为命。

爸爸妈妈离开的那晚，下起了大雨，我在田野里拼命地奔跑，夜黑得伸手不见五指。我对远方的家问道，这是风的声音吗？

是的，我听到了风的声音，风在我长长的头发间穿梭。可是，我却无法用语言来形容那一刻的感受，就像我无法挽留爸爸妈妈，让他们再多陪我一会儿一样。

相隔两地，多么漫长的等待。那些春风般的微笑和因考试失利而落下的泪滴，那些由生活琐事引起的争吵和过生日的幸福，那些明亮的清晨和一个人回家的孤独的傍晚……这一切，都如耳边的风，无边无际，肆无忌惮。

那晚，我做了一个梦。梦中，我来到了一个孤独的世界。在这里，遍地都是小孩儿，他们穿着肮脏的衣服，愁容满面。我走啊走，脚下的路仿佛没有尽头。突然，我在路边的一棵树下看到了我的好朋友琳琳，她正蹲在那儿哇哇大哭。我走上前去，问她原因。她擦了擦眼泪，告诉我，原来她妈妈没有给她做饭，她饿得饥肠辘辘，痛苦难耐。而就在琳琳的不远处，有七八个小孩子正在手忙脚乱地捡着别人吃剩的面包块。他们就像一群小麻雀，看起来惊慌失措，脸上充满了对现实的无奈。

忽然，我的梦醒了。我摸了摸额头，额上早已沁出豆大的汗珠。此时此刻，我多想让爸爸妈妈陪在我的身边，一扫这黑夜的孤独，一扫我心里无尽的思念。但是我知道，这只是一个美好的梦想而已。

然而,过了一会儿,我便释然了。清水无香,想念就好。爸爸妈妈离开时,我仍旧是个孩子,他们对我的爱那么深沉。或许谁也理解不了留守儿童的痛楚,但总有一座桥让我们与远方的亲人相通。因为他们爱着我,所以才会有离别,才会用独特的方式磨炼我,直到石粒变成星星,直到黑夜熬成黎明,直到脆弱锻造成坚强和勇气,直到一切都成为最好的安排。

揭开老爸的职业面纱

袁皓珏

在学校工作的人叫老师，在厨房掌勺的人叫厨师，在医院工作的人叫医生或护士……那在银行里工作的人，应该叫什么呢？这是我一直都想问的问题，因为，这就是我老爸的职业。于是，我在家里对老爸进行了一次采访。

"袁先生，您好。我是来自我妈肚子里的一名小记者。我一直不了解您的职业，今天想采访您一下。请问，您到底是做什么的呢？在银行点钞吗？有没有点错的时候？银行有没有小偷？"

"我是一个金融从业人员。金融行业是众多行业中的一种，是国家经济的重要组成部分。我们是负责贯彻落实国家的金融政策和上级银行的决策部署，组织人员做好相应工作……"

"停停停。请问您平时在单位具体都做些什么工作？"

"我平时的工作可多了，主要分成几部分：上传下达，经营管理，服务，存储，夯实经济基础……"说到这里，老爸似乎意识到了什么。他停了一停，有点儿犹豫地问："呃……我刚才说的是不是太官方了？你能听懂吗？"旁边的老妈幽幽地来了一句："你说呢？"

看了我们的反应，贴心的老爸赶紧进行了一番言简意赅的描述，我终于弄明白了：老爸是一位金融行业的工作人员，在银行里，主要从事管理工作。银行里有各种岗位，有在前台从事储蓄业务的，还有很多做管理的后台人员。我在银行大厅见到的工作人员只是银行员工的一部分。不管在哪个岗位，工作人员的工作内容都是为客户办理业务，比如存款、取款、结算等。通过为客户提供服务，从而赚取利润。每个人都必须对工作认真负责，如果出现了像点钞失误那样的差错，就要自己承担责任。

在家里，我经常看到老爸接打电话，说着各种指标的完成情况。有时候，这些指标完成情况排名靠后，老爸就会郁闷。老爸告诉我："银行的考核指标非常多，而且很细，随时都要进行排名，了解银行在全省的名次。每次接到任务的时候，都会召开会议，将任务分解。遇到困难时，我会带领团队的人员走遍每一个支行、每一个网点，调动每个人的积极性。只有大家都动起来，都出一份力，才有可能完成任务。"

听着听着，一个敬业而负责的金融行业从业人员形象在我眼前变得清晰了起来……

牙仙子的礼物

秦瑞阳

我有一颗很调皮的牙齿,它想从嘴巴里逃出来玩,于是,它松动了。然而,我怕疼,怕流血,更怕嘴巴里多一个洞。

"宝贝,牙齿掉了是件好事,说明你长大了。而且,牙仙子会收走牙齿,并送你一份礼物哦!"妈妈温柔地对我说。听妈妈这么一说,我的心情放松了许多,甚至有点儿期望这颗调皮的牙齿早些脱落了。刷牙时,我总是对着镜子,用手摸摸那颗想逃跑的牙齿,还在心里默念:"早些掉啊,早些掉啊!"

在学校,我总是跟其他小朋友大肆宣扬:"我的牙齿掉了之后,牙仙子会送我礼物哦。"于是,就有同学来问我:"牙仙子会送你什么礼物呢?"我神秘兮兮地回答道:"你想要什么,牙仙子都会送你哦!""哇!牙仙子真神奇啊!我也要快快掉牙齿!"同学们一个个惊讶得张大了嘴巴。

一天,在学校吃饭时,我觉得嘴里有一股怪怪的血腥味。我正准备告诉老师,突然,"咯嘣"一下,我嚼到了一个很硬的东西。我把它吐出来一看,哎呀,是一颗雪白的牙齿!我又伸出舌头,呀,上面有血!我抄起水杯,"咕咚咕咚"地喝下了一大口水。看着这颗牙齿，想到牙仙子即将送来的礼物，我高兴坏了。我赶紧拿来一张纸巾，小心翼翼地把牙齿包了起来。

回到家，我把牙齿放在了枕头下面。我最想要的东西就是漂亮的风火轮。一想到牙仙子就要把它送给我了，我就激动得想哇哇大叫。半夜，我起来上厕所。突然，我想起了牙仙子的礼物，我立刻开始摸黑寻找礼物。找着找着，我的手碰到了一个硬硬的东西。我把它拿起来，借着窗外的月光看了看。哇！这不正是我朝思暮想的风火轮吗？顿时，我睡意全无。我激动地打开了灯，一边大声地哼着歌，一边拆礼物。被吵醒的妈妈自然是不高兴了："老大，你干吗啊？""哈哈，我拆礼物呢！"

原来，牙仙子真的会送礼物啊！

讨厌的小斌子

姚 静

所谓"小斌子",乃我可爱的弟弟是也。他虽然只有三岁,但小脑袋瓜儿里的"鬼点子"可真不少,这可让我这个做姐姐的倒了霉。

星期六早上和周公告别后,半梦半醒的我起床洗漱,还没见到妈妈的身影,便听到了她那清晰的声音:"妈妈出去了,好好照顾弟弟!"心不在焉的我随意地"哦"了一声,便径直走向弟弟的房间。刚踏进一只脚,我就大声问:"小斌子,吃早饭了吗?"他从拼图中回过神来,小脑袋摇得像拨浪鼓。当看到他旁边所剩无几的早饭时,我把伸进去的脚缩了回来,说:"撒谎!不诚实。"我恼火地回到了自己的房间。

没过几分钟,小斌子就过来缠我,要我陪他一起玩。看到桌上堆得小山似的作业,我拒绝了他。他只好到客厅去看电视了,可他又故意把电视声音开得很大。这不是存心要干扰我吗?真讨厌!我只好戴上了耳机。

可不多久,门外突然传来一声巨响,以至于戴着耳机的我也吓了一跳。出什么事了?想到一个人在客厅玩的弟弟,我意识到危险，立马以百米冲刺的速度跑了出去，来到声源处——厨房，看到地上破碎的碗和手上流血的小斌子，我吓得不知所措，连忙把他抱进了房间，给他止血，包扎。

吃到"苦头"的弟弟这下不再乱跑了，乖乖地在一旁玩拼图。不一会儿，妈妈回来了，看到弟弟手上的伤，心疼地问他事情的缘由。小斌子想都没想便指着我说："是姐姐，都怪姐姐！"无奈，我只有被妈妈训斥的份儿了。

委屈的我向妈妈怀里的弟弟瞪一眼，分明看到他脸上得意的笑。可到了喉咙的话，又被妈妈的吵嚷给活生生地退了回去。

唉，大人不计小人过，谁让我是姐姐呢，还是让着他吧。不过，我转身离开时，瞪着眼，挥着拳头故意吓他说："小东西，再撒谎，小心我揍你！"可他在妈妈怀里嬉皮笑脸地对我吐舌头做鬼脸，"噜，噜，噜……"逗得我禁不住笑了。

难忘的笑容

周 涛

那是一个冬日的清晨，街灯昏暗，寒风刺骨，周围的一切似乎沉睡在浓浓的夜色中。我一个人在车站旁等待着去外婆家的车。

不远处的十字路口，被几盏路灯照亮，几条交叉的街道都孤寂地像远方的黑暗延伸，冰冷的高楼在道旁高傲地站立，给这个清晨平添一丝寒意。

忽然，一声粗犷的吼声从街的尽头传来，瞬间打破了刚才冷寂的气氛，几秒钟后，一个黑黑的轮廓从黑暗中渐渐显现。

人影渐渐近了，是一位乡下妇女。枣红色的脸膛，明亮的双眼，并不年轻的脸上有几道浅浅的皱纹，经过长久的风吹日晒，显现出一种无法言说的沧桑，微微发胖的身躯，裹得严严实实的绣花棉袄，外面又紧紧地套着送报纸的黄马甲。

或许她感觉到了我的注视，在远去之前，她忽然停下车，回头，冲我憨厚一笑。

多么朴实而生动的表情啊！

我的眼前顿时充满了明亮的色彩，清晨的空气也清新起来，不那么寒冷了。

　　她的双脚飞快地蹬着自行车，身子也随之左右摆动，每蹬一下，车子便会疲乏地响一声。这样的姿势在平时看来总有几分可笑，她一边蹬，一边用浓重的嗓音唱起了歌，虽然我听不懂她唱的是什么，却分明感觉出她嗓音里起伏的旋律和丰富的音韵。在这样安静的街道上，她的身影那么醒目，我静静地看着、想着。

　　在这个镇上，也许有无数个这样的女人，为了生活，每天四处奔波劳碌，也许她们家中有年迈多病的父母，有正在读书的子女，有同样被生活加以重担的丈夫……生活给了她沉重的脚镣，她却默默地承受着，苦难没有磨灭她对生活的热爱。这样勤劳而坚强的女人，一直在努力地融入这个城市，努力地生活，去奋斗，去承担，并且一直保持着温暖的笑容。

　　那灿烂的笑容，给了我深深的感动。

全员拔河中

李江山

"太阳当空照,花儿对我笑……"知道我为什么这么高兴吗?因为我们今天要举行一场拔河比赛。同学们也都乐得手舞足蹈,欢呼声在教室里久久回荡。

我们来到操场上,只见操场旁的树木青翠欲滴,树上的叶子随风摇摆,似乎在对我们笑呢,又好像在说:"加油啊!你们是最棒的!"同学们摩拳擦掌,充满了必胜的信心。老师也用期待的眼光看着我们,似乎在说:"你们能行。"我也暗暗为自己打气:"你最棒,你最棒!"

第一轮,虽然我们用尽力气,可对方个个都像力大无穷的水牛,还没等我们发起进攻,就一个"神牛拔绳",将我们击败了。第二轮快开始了,随着老师的一声哨响,我们班同学一个个死死地攥紧绳子,脚恨不得深深钉在土里,脸憋得通红,眼睛瞪得滚圆,充满杀气地看着对方。我使劲儿抓着绳子往后拉,不一会儿,额头上便冒出了汗水,可我不敢腾出手去擦,生怕因为我一个人的分心而使整个队伍失败。起先是我们占有优势,但对方的啦啦队铆足了劲儿加油,他们的士气骤然提升,中间的红旗慢慢跑到他们那边去了。可我们怎肯轻易认输，我们整体齐用力，红旗又渐渐回来了，它就像一个淘气的宝宝，一会儿跑来这边玩玩，一会儿跑到那边看看。就在双方不分伯仲的时候，我们的大将茅天博爆发了，他大喝一声，将绳子往身上一缠，开启了暴走模式，只见他铆足了劲儿，大步流星地向后走，胜利最终属于了我们。第三轮，我们全班像一支势如破竹的军队，没用多久，便取得了胜利。

当裁判宣布我们是第一名时，我们激动得又蹦又跳，开心地喊着："耶！我们是第一！我们是第一！"这时的我兴奋极了，真想高歌一曲："太阳当空照，花儿对我笑……"

家乡的红枣

韩雯雯

我的家乡在山西省吕梁市,那是个美丽富饶的地方,有迷人的山、清澈的水。吕梁属于干旱地区,枣树正好是一种耐干旱的树种,所以,红枣便成了家乡一道亮丽的风景线。

阳光明媚的春天来到了,万物复苏,枣树也从沉睡中渐渐苏醒过来了,慢慢抽出新的枝条,长出嫩绿的叶子。细雨蒙蒙,枣树贪婪地吮吸着这春天的甘露,开出了淡黄色的小花,小花虽然不起眼,却出奇的香,微风拂过,就到处弥漫着枣花的清香,远远就能闻到,使人感到神清气爽。

盛夏,树上的花慢慢凋谢了,花儿落了以后,渐渐地长出了圆锥形的小枣,就像许多绿色的小灯笼。红枣没成熟时,颜色是青色的,吃起来又苦又涩。渐渐地,红枣的颜色变成半绿半白的了,吃起来酸酸的。快成熟的红枣是半红半白的,吃起来又酸又甜。

秋天到了,红彤彤的大枣挂满了枝头,远远看上去,像一串串红色的玛瑙挂在绿叶间,像一颗颗红宝石藏在树叶间露出笑脸,好像在说:"快来摘我,我都熟透了。"大人们的脸上都是笑容满面，说："今年大丰收！"小孩子们也帮着摘红枣。红枣又大又红又甜，让人直流口水，摘一个送到嘴里，真甜啊！家乡的红枣个大、核小、色红、味香，咬开一尝，香甜可口，枣味浓郁，确实名不虚传，让人越吃越爱吃，越吃越想吃。

家乡的红枣不但味美、营养丰富，而且是有名的滋补食品。红枣是具有补血功能的好食品，是人们的盘中佳品，在中医处方里是最常见的配料，红枣可以养血安神，增强人体免疫力，抗癌，健脾，而且老少皆宜，驰名中外。人们把红枣进行了深加工，制成枣饮料、枣酒……远销中外市场，红枣为山西人民做出了重大的贡献。

如果你有幸来到我的家乡，热情好客的山西人民一定会拿出最好的红枣款待你，让你大饱口福。

我爱家乡的红枣，更爱我的家乡！

车窗上的精灵

春到中央生态公园

陈睿童

家乡的中央生态公园风景优美，是游客的好去处，尤其是春天。

一进公园，首先映入眼帘的是矗立在道路两旁的高大挺拔的棕榈树。风一吹，它们便发出"沙沙"的响声，好像是在夹道欢迎我们的到来。棕榈树下是美丽的花坛，花坛里一簇簇小黄花绽开了灿烂的笑脸，仿佛在告诉我们：春天来了！

继续往前走，就能看到一座石拱桥，桥下是一片平静的湖水。湖水似一块碧绿的翡翠，晶莹剔透。湖中央一群小鱼儿在一丛枯萎的荷叶下面追逐嬉戏，激起一圈圈涟漪。湖岸边柳树姑娘正低着头，对着湖水这面镜子梳妆打扮呢！

在石拱桥的尽头，桃花、李花、迎春花你挨着我，我挤着你，争先恐后地向人们展示自己的芳容，好不热闹！一阵微风吹来，桃花、李花、迎春花扭动着曼妙的舞姿，而山茶、木棉则像羞答答的小姑娘，躲在树叶底下，怎么也不愿意张开它们粉嫩的笑脸。热心的蜜蜂和蝴蝶悄悄飞来，一会儿拉拉它们的枝叶，一会儿在它们耳边窃窃私语，好像在说："别害羞了，快快露出笑脸，和我们一起玩游戏吧！"

　　再往里走就来到了休息亭。休息亭中央是一个四合型的建筑，青砖红木，亭顶是五角形，五个角高高地往上翘起，有点儿像五个朝天吹响的号角，更像高高翘起的孔雀屏。亭子下面，几根圆圆的柱子又粗又高，我一个人根本无法抱住。柱子上面的横梁雕龙画凤，有"蛟龙出海""百鸟朝凤"，还有"百花齐放"，都雕刻得活灵活现。主亭的两旁是走廊，弯弯曲曲往两边延伸，和石拱桥连接在一起。杨柳、翠竹、假山、石桥、凉亭……它们倒映在水中，随着水波一起一伏，别有一番韵味。

　　中央生态公园处处是美景，我的心里到处是春光。

节日里的精彩

邹予涵

至今,我还记得我过的最后一个儿童节。在那个快乐的节日里,我享受到了难得的精彩——参观了刚刚落成的赣州自然博物馆。

这个博物馆非常大,它的外形非常壮观,墙体大部分是用玻璃做成的,每块玻璃的大小、形状都不一样,镶嵌在由实心金属锻造的不规则金属框里。走进去,我才发现它一共有三层,每层足足有二层居民楼那么高。

我们先参观的是第一层。第一层的展览主题是"客家摇篮",它是一个赣州市历史文化基本陈列展厅,展现了赣州作为客家摇篮的历史和文化。在那里,有石斧、石锄等远古人民使用的旧石器,也有古代人民制作的绘有精美花纹的瓷器和插花用的花瓶,还有丰富多彩的脸谱,历史悠久的活字印刷和雕版印刷……无论哪一个,无论哪一种,都是年代久远,极富历史、艺术价值的文物。最让我感兴趣的是一处私塾的情景再现。那是一间不大的屋子,里面有几个雕像,人一走到它面前,"人之初,性本善……"一阵琅琅的读书声便传入耳中。原来是一位老先生正在摇头晃脑地带领书童们朗诵着《三字经》呢……实物陈列固然精彩有趣，虚拟陈列也不赖。只要在机器的屏幕上点一点，大量的知识便如潮水般涌现在观众面前，让观众尽情看个够！

　　我们参观完第一层，缓缓步入第二层。二楼的展览主题是"恐龙奇观"，展示的是赣州出土的中生代恐龙等珍稀古生物化石。呈现在我们眼前的化石，有天上飞的翼龙，地上走的赣南龙，还有凶悍的金雕等，好多好多。其中最高大、最显眼的要属霸王龙的化石了。在围栏中，它的骨架呈灰白色，起码有一层楼高，差不多有一辆大巴长。虽然无法目睹霸王龙的真容，但那硕大的头骨，粗壮的后腿骨，无不在告诉我们：霸王龙确实是名副其实的"霸王"。看着看着，我仿佛看到了这么一番景象：在神秘的原始森林里，霸王龙张着血盆大口，发出一声"龙"啸，甩动着又长又硬的尾巴，正与一头棘龙展开一场你死我活的搏杀。经过好一阵你撕我咬，霸王龙最终占了上风，强大如斯的棘龙最后还是无可奈何地变成了霸王龙的美餐……

　　参观完二楼，我们便来到了三楼。三楼的展览主题是"丰饶赣州"，也就是赣州自然资源展厅。里面对赣州的地貌地形、特有的植物标本和珍稀的矿产资源做了详尽介绍。不说秀丽的凤尾莲标本，不说珍贵的钨矿矿石，也不说精致的地貌模型，单是植物园就给每个参观者以强烈的震撼。植物园是模仿九连山亚热带森林进行实景再造的。一进植物园，就仿佛来到了原始森林。薄雾像一层层轻纱似的弥漫在空气中，散发着阵阵松脂的清香。一缕缕阳光透过层层叠叠的枝叶，斑斑驳驳地散在丛林中。林中，树木高大、苍劲且挺拔；树上，淘气的小猴悠悠地荡着秋千；树下，小草沐浴着阳光，在秀丽花朵的衬托下显得更加翠绿。尽管这里的景物除了大树和猴子不是真的外，其他都是真的，但仍无法全部再现九连山亚热带森林的真实全貌。因此，几乎每一个到这里参观的游人，都会不由地产生一种立马飞到九连山亚热带原始森林逛一逛的冲动。

在人生中的最后一个儿童节，我参观了刚刚落成的赣州自然博物馆。在那里，我开阔了视野，增长了见识，收获了不尽的快乐与精彩！

当了一回"工程师"

邵志明

爷爷经营着一个废品回收站,我从小就喜欢到废品堆里找些感兴趣的小东西来,拆开、琢磨、研究。寒假里,我竟利用废品当了一回"工程师"。

那天,天很冷,我到煤炉边做作业。可是煤气味太大,特别是换上新煤球后,气味更浓,真叫人受不了!怎样才能既取暖又没有气味呢?要是有一个烟囱把烧煤产生的气体排出去,问题不就解决了吗?用什么材料做呢?对,废品堆里正好有几段旧铁皮管子,就用它!

说干就干,我找来一块铁皮,准备做一个漏斗形的罩子罩在煤炉上,接着是一个弯管,连接着一段两米多长的管道,管道顺着墙壁水平地伸到窗口,就能将难闻的气体排出窗外。可是铁皮的接头怎么接?它不像纸能用糨糊粘,也不像布能用线缝。我琢磨了好一阵子,终于想出了办法:用铁钉在铁皮接头处打几个眼儿,把接头重合,用铁丝一拧,就接上啦!罩子接上了,还需要固定在一个地方。煤炉正好放在墙边,于是我又在墙上钉了个桩,用铁丝把罩子吊在墙上。为方便取炉子上的水壶,我又在罩子上切了一个豁口,把切下来的铁皮用合页固定在罩子上,做成一个小门。这样"节能环保煤炉罩"就大功告成了!

傍晚,爸爸妈妈回来了。爸爸欣赏着节能环保煤炉罩,抚摸着我的头,高兴地说:"好小子,不错啊!煤炉既可以烧水,又可以取暖,而且不会污染屋里的空气,这个设备对我们家来说,真可谓一项伟大的工程啊!"我连忙接过话茬儿叫起来:"那我就是工程师喽!""对,工程师!哈哈……"屋里顿时充满了笑声。

我教金鱼学本领

梅静思

两条小金鱼到我家已经有很长时间了，那条大一点儿的叫"小心肝"，毫无疑问，它是我的心肝儿；小一点儿的叫"小宝贝"，毫无疑问，它是我的小宝贝。我的精心服侍总算没白费功夫，这不，它们不仅长得肥肥的，而且一见到我，就像见到老朋友似的，又是摇头又是摆尾。

看着活泼可爱的小金鱼，我想：要不教它们学一点儿本领？教什么呢？我忽然想到电视上看到的海豚钻圈的画面，对，干脆教它们钻圈吧！于是，我把扎辫子的皮筋取下来，放入水中，两条金鱼看到后，吓得躲到一边了。我笑着说："怕什么呀，快钻圈啊！谁钻进去，可是有奖励的哟！"可两条金鱼无动于衷，它们瞪着大眼看着，好像在说："这是什么东西呀？"看来，要它们主动钻进去是不可能的，我这个教练该出场了。我用铅笔拨它俩的尾巴，说："快进去！"可它们尾巴一甩，贴着金鱼缸，游到别处去了。我手中的铅笔紧随其后，又一次拨它们的尾巴，终于，功夫不负有心人，小宝贝心领神会，肯钻圈了。我点点头说："孺子可教也。"说着就奖励给它一粒鱼食。小心肝不甘示弱，也钻了进去。"太棒了，好样的！"我也当即对它进行了奖励。它们似乎尝到了甜头，又一次钻了进去，看着它俩的精彩表演，我好有成就感啊！

　　接下来，该训练它们做什么呢？我眼珠一转：顶球！我把一个小塑料球放进水里。两条小鱼以为是鱼食，争先恐后地游过去抢着吃。球太大了，它们那樱桃小嘴怎么吞得进去呢？可它们都不服输，嘴巴对着球抢，嘿，居然将球顶起来了，真是歪打正着呀！我看在眼里，喜在心里！我要好好奖励它们，便毫不犹豫地投进几粒鱼食，两个小家伙摇头摆尾地吃着。

　　我笑了，眼睛弯成了新月……

捕 鼠 记

李一诺

唉,我家楼上养狗,楼下养猫,结果老鼠纷纷选择"光顾"我家,造成鼠患成灾,为此,我们一家人大伤脑筋。

爸爸率先出马,购买了整整十张强力粘鼠板,望着他"撒网式"地铺展粘板,我心里暗喜,开心地说:"哈哈,这下坏老鼠肯定会命丧黄泉啦!"突然,爸爸转过身,把中指放在嘴唇上,悄悄说:"嘘,老鼠可是很神的,它都能听懂,千万别说!"我惊慌失措地捂住了嘴巴,猫着腰,从粘鼠板旁绕道而行。

晚上,我很早爬上床,却怎么也睡不着,总想着坏老鼠被粘板牢牢粘住的样子。我想着想着,突然,一声"惊天动地"的"吱——"闯进我的耳畔。"好讨厌,吵死了!"我嘟囔着,想要躺下继续酣睡。"咦?难道是……"想到这里,我猛地跳了起来,赤着脚,急不可待地冲到摆粘鼠板的地方,心里充满了期待。我快速打开客厅所有吊灯,想看这只讨厌的大老鼠被牢牢粘在板上挣扎的惨样,令人失望的是,粘鼠板上只留下了几撮灰灰的老鼠毛。唉,这个"大坏蛋"溜掉了。也许是老鼠听到了我和爸爸白天的对话,故意在板上打个滚儿气气我们……

第二天，妈妈拎回了一只新式老鼠笼，睡觉前忙不迭地摆弄着，我在一边仔细观看，见妈妈想说什么，我忙捂住她的嘴巴，连连摆手。我俩心领神会地互相眨眨眼睛，相视而笑。摆放好老鼠笼机关，最后一步便是放诱饵了，妈妈小心地将两段吃剩下的鸭脖子轻轻放在机关上，嘿嘿，只要坏老鼠一踏机关，就会变成"小囚犯"，任我处置啦！想着想着，我高兴得手舞足蹈。待妈妈布置完"陷阱"，我又在笼子里放上了一块"奥利奥"饼干——它可是我的最爱，看你还不上当？哼……随后，我便拍拍手，蹦蹦跳跳地玩去啦！

晚上，我做了一个梦，梦见我变成了一只威武凶悍的大花猫，一爪子按住了我家那只坏蛋老鼠，"扑哧——"一声，我乐醒了……一个鲤鱼打滚，立马跑去老鼠笼子边看！这一看，我气得挺直了脖子、涨红了脸，知道发生什么了吗？老鼠笼机关丝毫未动，但笼子里，我心爱的"奥利奥"却"尸骨无存"。老鼠笼外，一丝丝饼干屑像无数只嘲笑我的小眼睛，然而，放在机关上的鸭脖子却丝毫未动过，天哪，我差点儿晕厥过去……

唉，可这又能怪谁呢？看来，细节决定成败啊！

再见了，画板

薛佳凝

周末，妈妈要收回租给别人的房子，我就和妈妈一起来到了出租屋。出租屋的房间里一片狼藉，好像刚打过仗似的。我刚想离开，突然眼前一亮——墙角有一个大大的画板！我像脱缰的野马一般，飞奔到画板前，东摸摸，西看看，围着画板转了好几圈，心想：如果这个画板属于我该多好呀！妈妈却走过来严肃地说："别动，这是别人的画板，别人还要的，千万不要弄坏了，弄坏了可是要赔的！"哼，妈妈真小气！

这天上学时，我一打开车门，就兴奋得一蹦三尺高，因为我看到车上有一个画板！我想，一定是妈妈看我想要，就给我买了。我激动地对妈妈说："老妈，你真是我的亲妈！咱俩还真是心有灵犀一点通呀！"可妈妈却说："这个画板是给你们班刘哲言的。我觉得她非常有画画天赋，你又不会画画。租房子的人不要画板了，刘哲言正好用得上。""有好东西为什么不给自己的女儿，要给别人呢？""要不，下一次妈妈再给你买，我刚才已经答应送给刘哲言，现在反悔不好吧？""我就想要这个免费的！""可我已经答应别人了。"无奈之下，我失望地低下了头。

到了学校，我眼睁睁地看着画板被刘哲言的爷爷搬到他的三轮车上。我的心里难受极了，真想冲过去把画板抢回来，可脚下就像有一块吸铁石，怎么也迈不出那艰难的一步。我绝望地看着画板由大变小，渐渐地，消失得无影无踪……我的心里如针扎一般难受。过了好久，我才向校园里走去，一边走，一边情不自禁地扭过头去，看了一眼又一眼……整个下午，老师讲的什么，我一个字也没有听进去，心里一直惦记着画板。

放学回到家，妈妈告诉我，刘哲言的妈妈打电话说谢谢我送给她的画板，刘哲言十分喜欢，一回家就不停地画画。听了妈妈的话，不知道为什么，我的心里没那么难受了。

再见了，画板。我相信，你的新主人一定会更加爱护你。在你的帮助下，她一定能画出许多栩栩如生的画！

难忘那次溺水

孙鹏晓

一天,我和妈妈去老奇台一个朋友家做客。那是一院土坯房,房后有条引水河,听大人说叫开垦河,不宽,有些浑浊的河水溢满了整个河道,缓缓流淌。我的心开始蠢蠢欲动,真想把脚伸进这冰凉的水中好好舒爽一下。谁知,我刚有了这样的想法,就被妈妈严厉的警告打消了:"不许到河边去,小心掉进去!这条河淹死过人!"

就这条小河,还能淹死人?趁大人不注意,我溜到了河边,但心中多少有些顾虑,所以没把脚伸进去,而是蹲在河道旁用来提水的阶梯边——离水最近的地方,用树枝拨动潺潺流动的河水。这是我第一次近距离接触河水,阳光透过树梢照在水面上,我想象着自己像鱼儿一样在清凉的水中畅游,自由泳、仰泳、蛙泳,凉凉的水从我的肌肤上滑过,仿佛无数只小手抚摸着我……

就在我的思绪如长着翅膀的小鸟在空中飞翔时,我发现河水离我的脸越来越近,还来不及反应,我已经面朝下落入河中,我的世界一下从蓝天白云变成万丈深渊。四周一片漆黑,有种巨大的力量从四面八方挤压过来,直压得我喘不上气来。恐惧!无尽的恐惧伴随着水的压力向我袭来，我想喊，张开嘴全是水，水从嘴进去从鼻孔出来，又从鼻孔进去从嘴巴出来，就这样，水在我的口腔、鼻腔、胸腔里进进出出，来来回回地穿梭。我四处乱抓，却什么也抓不到，我试着想踩个东西站起来，却像身在无底洞，身体不由自主地下沉……

就在我慌乱不知所措时，一只有力的大手抓住我后背的衣服，那一瞬间，我的眼前一下变亮了，压力没有了，恐惧没有了，穿梭的水也没有了，新鲜的空气重新回到我的嘴里、鼻腔里和胸腔里。我大口喘着粗气，突然觉得空气是全天下最美好的东西，我不再向往清凉的水，不再羡慕畅游的鱼，只想大口大口地呼吸。此时此刻，我感受到了阳光的明媚和温暖，一切都和刚才不一样了……

我经历了一场生与死的考验，而救我上岸的是妈妈。发现我不见时，妈妈马上跑到河边找我。危险就发生在那一刹那，我因为长时间盯着流动的水看，不知不觉晕了水，向河里栽去。妈妈伸手没拉住我，几乎和我同时跳进了河中，这才把我从水中救出来。如果不是妈妈及时赶到，我想我已经……

这次经历在我幼小的心灵上烙上了深深的印痕，也让我更加懂得了生命的珍贵和安全的重要。

在琴声中成长

沈雯锦

每每听到悠扬的钢琴声响起,我都会闭上眼细细聆听,陶醉在自己当年参加钢琴兴趣班的美好回忆中。在钢琴兴趣班,我学会了坚持,学会了面对,学会了在琴声中成长。

为了让我学会弹钢琴,妈妈帮我报了钢琴兴趣班。我的钢琴老师虽然只有二十来岁,但已经被评为优秀教师了。她梳着高高的马尾辫儿,戴着一副黑框眼镜,穿着一套淑女装,看起来十分恬静美丽。她的手仿佛有灵气,弹起钢琴来可灵动了。

初学钢琴时,我比其他人学得更刻苦、更认真。枯燥的"do re mi fa sol"五个音,我能不间断地练上两三个小时。老师见我这股认真劲儿,经常在其他家长面前表扬我天赋好又够努力,每当这时,我的心里都像灌了蜜一样甜。

可惜好景不长,由于基本功练习太过枯燥,我对钢琴的兴趣日益消散。琴声不再流畅优美,而是断断续续,毫无力气。当我看到自己的进步越来越慢,老师的夸奖逐渐变成了恨铁不成钢的指责时,我对自己越来越没信心了。终于,我想到了放弃,想放弃那枯燥无味的练习。

当我再次面对老师和庞大的黑色钢琴时，我满是惊慌和不自信，本就不太熟练的曲子被我弹得支离破碎，断断续续。正当我不知所措，几乎绝望的时候，老师的声音响了起来："这是怎么回事啊？"我支支吾吾地回答道："老师，我不行，我不想学了。"出乎意料地，老师并没有过多地指责我，而是语重心长地对我说："只要你肯努力、肯坚持，没有什么困难可以阻挡你。你完全有能力把这首曲子弹好，不要害怕，一点儿小挫折是打不倒你的，对吗？"对，我没有这么容易就退缩，我会为了我的目标而奋斗！

在老师的开导下，那之后，兴趣班的琴房里，又传出我悠扬的琴声。经过刻苦练习，我在悠扬的琴声中一点一点地进步。在学校六年级辞旧迎新元旦文艺会演中，我充满自信地走向舞台，以一曲《卡农》博得观众不断的喝彩与掌声。

在琴声中，我拥抱梦想，憧憬未来，快乐而幸福地成长……

今儿真高兴

李 波

为了迎接新的一年的到来，我们学校全体师生举行了盛大的联欢晚会。这可乐坏我们了，因为既不用去上课，还可以大饱眼福。

伴随着一首激情洋溢的《春暖花开》，晚会的序幕拉开了。这台晚会的节目五花八门，精彩连连，有舞蹈、独唱、朗诵……老师们精心编排的节目精彩纷呈；同学们则八仙过海，各显神通。但最吸引我眼球的，是两位老师表演的相声和我们班同学表演的三句半。

两位老师在说相声《奋斗》时，把"夕阳西下，断肠人在天涯"说成"夕阳西下，断肠人在医院"，本来就让大家捧腹了，更有趣的是，把护送唐僧西天取经的三位徒弟唤作刘备、关羽、张飞，这可让全体师生都笑得前仰后合，掌声此起彼伏。看来呀，不认真学习，还真是会闹出笑话来的。

终于等到我们班的节目开始了。平时邋邋遢遢、吊儿郎当的同学们，今天站到台上还挺像"大腕明星"的。你看，我们班的"大高个儿"敲着脸盆开腔了，"老师同学晚上好"，"一把手"班长紧接着敲了个纯净水桶说了句"新年马上就来到",最逗乐的是"武大郎",拍着快餐杯用那特有的"男旦"的声音来了半句"新年好",瞬间,台下的掌声雷鸣般地响起,笑声充满了整个礼堂。我不由得环顾四周,有的同学笑得直不起腰,有的同学笑得直跺脚。我呢,更是眼泪都笑出来了。

不知不觉,两个小时的晚会结束了。这样快乐的联欢会,我生平还是第一次参加呢。

今儿呀,真是高兴!

心中的阳光

靳双鑫

不管世界有多么寒冷，我相信，我的内心一定是温暖的。因为我的心中永远有一束阳光在照耀，它是那样明亮、温暖。

生性胆怯的我来到了一个新的班级，因为我没有熟识的同学，所以性格更加孤僻，尽管教师那样关心我，我也几乎不怎么笑。直到，一束阳光照耀进我的心房。

"你这样怎么和同学相处呢，太安静了。我们做个朋友吧！"一个长发及腰、性格开朗的女孩儿笑着对我说。"好的。"我努力抬起头，微笑着看她。从此，我心中便愈来愈温暖。

她带我认识了全班的同学，带我与全校同学交朋友，和我一起学习，一起玩耍，度过童年最美好的时光。

晚上，我们一起散步，星光闪烁，世界一片美好。待到分手时，她说："明天在这儿见，一起上学哦！"我点点头。这儿离我们家还很远，行人很少，我一步一步慢慢走回家去，昏黄的路灯下，楼房全部是黑影憧憧，似张牙舞爪的禽兽向我扑来，我越来越怕，回头发现她已走远，禁不住哭了起来。

"呀，哭啥，有啥好哭的，来，我陪你走。"熟悉的声音又传入我的耳朵。是她！她的微笑如阳光一样，永远都在绽放着光芒，将我心底里的恐惧一点点驱散。

我们在一起走着，一向活泼的她也沉默了，到了我家门口，她才说话。

"你考了526，考上了西安的初中学校，我只能在这个小县城上中学了。小星，你一定得努力，一定努力啊！"她又缓下来，递给我一个书签，上面有一束草，标着"勿忘我"。"你不要忘了我。其实，你知道吗，你才是我心底的阳光，我给你的，只有我的活泼罢了。你一定要快乐，要活泼，要乐观呀。"

我的心情沉重极了，但还是扬起头，微笑着说："肯定会的，被你熏陶了这么长时间，怎么会不乐观呢。明天是最后一天上学，然后我就要去西安报到了。明天，就见不到彼此了。再见！以后电话联系哦。"

她愣了一下，我飞快地转身跑开了，眼泪唰唰地流下来。心底里念出一句话：

柳，你是我心中的阳光。

冰 糖 化 了

赵乐薇

奶奶去世了,她在大火中消失,我只能眼睁睁地看着,却无力挽留。

我没有哭,我手里还握着奶奶给我的那颗冰糖,冰糖没化。

我忽然想起小时候,奶奶最疼我。她像个魔术师一样,在我哭得稀里哗啦的时候,忽然冒出来,长满皱纹的脸上满是和蔼的笑。"孩子,要吃糖吗?别哭了,伤心总是难免的。不管怎样,在生活这条路上,你都要撑住。"她顿了顿,"因为,生活得继续下去。"我莫名其妙地抬起头来看她,她也很认真地看我:"懂了吗?"

我胡乱点点头,把眼泪擦干。

我向奶奶要了一颗冰糖放在手中。低下头来看,那颗冰糖小小的,在灿烂的阳光下闪着如水晶般晶莹剔透的光。那光跳跃在两极,把痛苦和欢乐冰封在糖心里。我咬下去,果然很甜,甜到心底。看看奶奶,再吃一颗冰糖,日子过得很甜蜜。

长大后,冰糖吃得少了,可那甜甜的滋味总是会不时涌上味蕾,就像奶奶的笑容封存在脑海里,淡淡的,却很暖心。

奶奶走的时候，我忍住了眼眶中打转的泪水。模糊的泪光中，我才发现奶奶手上的皮很薄，也很皱，一抓一大把，放开后，又皱成一块一块。那真像蛇蜕皮后脱弃的老皮。奶奶的手里失却了一种温度，一种甜而暖的温度。

我没想到，她会永远被岁月定格在一张黑白照片上。在我心里，她变成了一颗糖——那么甜美却那么沉默。念着她的人，总会记着她的好，她内心的慈爱与剔透。

但这甜中的酸苦是无法忘却的。

大火在熊熊地燃烧，吞噬着奶奶已毫无气息的、冰冷僵硬的躯体。我仿佛看见她在笑，对着我讲那古老美好的神话。

不知她会不会也成为一个古老美好的神话？

我默默地低下头去。

冰糖化了，可生活还得继续。

左边的爱

任 研

我的妈妈是教师,当别人听说的时候,多露出一副羡慕的样子,对我说:"你妈妈是老师,从小你的功课一定不用发愁吧。"我总是很无奈,我不仅不记得妈妈教过我功课,而且她总是不能陪我,甚至在我生病时,也总是一如往日地去上班。我甚至怀疑我是不是她亲生的。

那天我们一起出门,我骑自行车,妈妈骑电动车。为了摆脱她,我骑得飞快,我们就这样一前一后地骑着。一会儿,妈妈追上来说:"妍妍,走右边。"我有点儿奇怪:"我明明就在右边啊?""我的意思是我的右边。"我更疑惑了,"不一样吗?"问妈妈,她没说什么。"到底有什么不一样?"得不到答案的我有点儿急了,蹙起眉毛,妈妈一脸平静,只是淡淡地说:"没什么,我在左边,倘若发生什么意外,可以帮你挡开啊。"

我承认我是个不善表达的孩子,但听了这样的话,我心中还是风起云涌,很想对妈妈表达谢意,却也只会在日记里对自己说。我默默细数妈妈对我的好,我不喜欢红色,妈妈就从不会买鲜艳的衣服;我喜欢安静,做作业时她从不打扰我;我讨厌人多的地方，她从不带太多朋友回家……

尽管如此，我还是会和她争吵，说她管我太多，告诉她我已经快十二岁了，骗三岁小孩子的把戏我还是看得懂的，一次次把妈妈的爱当作对我的约束。现在我后悔了，我恍然明白，妈妈近乎苛刻的严格都是对我好。

为了回报你左边的爱，我会努力做个好孩子，努力让你满意。

背　影

施金宇

每天放学，我总能看到正前方一个挺拔的背影——她是我们班的班长小马。以前，这道背影几乎每天都困扰着我。因为她比我高好几厘米，而且总喜欢扎一个高高的马尾辫。

这天是语文课，顾老师讲完课，让我们抄写黑板上的几行字。我暗暗叹息：黑板上的几行字几乎全被小马挡住了。我费力地探出脑袋，还不时地询问别人，好不容易才抄完了。终于，我熬过了语文课。

下课后，我马上叫住了小马："嗨！小马！"小马愣愣地问："干吗？"我欲言又止，但最后还是说出了口："是这样，你……你上课时别坐那么直好吗？"小马一脸疑惑地问道："为什么呀？"

我红着脸说："你比我高出许多，又经常扎马尾辫，所以你一坐直，就挡住我这么一大块……"我边说着边用手比画着。她听了觉得有些意外，然后仍然倔强地说："没办法，因为我高嘛！"说完，她一阵风似的跑走了。

虽然小马嘴上这么说，但在接下来的每节课，她都下意识地压低了身子。有时，她会忘记，会习惯性地坐直，但会很快调整坐姿。看得出来，她很不适应这样的坐姿。

后来，老师调了座位，小马不再坐在我前面了，即使她坐直也不会影响到我了。可是，每次想起那个刻意压低的身影，我心里就觉得暖暖的。

车窗上的精灵

唐家和

一道白色的裂痕划过灰沉的天幕，雨漫无目的地洒落下来。

在飞驰的动车内，为打发无聊的时间，我饶有兴致地看着飞落的雨滴在车窗上游走。动车的速度极快，冰冷的风扫着这些本应直落的水滴，让它们集体横向而行，这可是平时看不到的景象。

细细看着，难以计数的雨滴好似春天池塘里的小蝌蚪。车窗上，几条"蝌蚪"拖着长长的尾巴缓缓流过，留下一道淡淡的水痕。细细密密的"蝌蚪"大都不长不短，游得不快也不慢。我的目光专注地跟随着它们移动，观赏的兴致也高涨了起来。多么灵动、可爱的小精灵呀！

雨愈来愈大，从天上倾泻下来，眼前满目皆"蝌蚪"。它们有几群顺着原先开辟的道路，一条条地向后溜去；有几群辟出了新的路线，蜿蜒向前。我静静地注视着，观赏它们奇特的群舞。前方，快要到达一个站点了，动车减速慢行着，这些舞动的精灵竟与池子里的蝌蚪一样，慢慢地拐了个弯，向下垂直游去，后面的尾巴拖出长长的弧线……

动车离开站台又启程了，"蝌蚪"在短暂的休憩后，又拖着长长的尾巴横向游起来。雨渐渐小了，"蝌蚪"变少了，游慢了，尾巴也变短了。天晴了，"蝌蚪"在它们的水晶舞台上谢幕了，车窗上只留下些许透明的水迹。

　　但愿下次雨天坐车时，我还能与这些小小的精灵相会。

我为猪笼草改名字

刘泽亮

"什么？这么聪明的植物，竟给它取这么个名字！这不是侮辱它吗？"士可杀不可辱，我一定要给它改名字！

首先，猪笼草的"猪笼"四壁是香香甜甜的蜜。闻一闻，小昆虫们就会不由自主地想要去吃，这也就是猪笼草作为不会移动的植物却能吃饱的原因。猪笼草的"笼"开了的时候，蜜香传遍森林。许许多多的昆虫闻到了，一下子就飞过来，站到它的"猪笼"边上舔蜜，可是它们没想到这是一个陷阱。蜜把昆虫牢牢地黏在滑滑的猪笼四壁，然后昆虫就会慢慢往笼子的底部滑落，落到底部就会一点点被猪笼草吃掉。哇！猪笼草真是太恐怖了，光想一想就叫人毛骨悚然。所以，我给猪笼草新改的名字必须姓"孔"，因为它与恐怖的"恐"读音相同。

其次，猪笼草能捕到食物不仅因为它的蜜香甜，更是因为它有一个优良品质：沉着冷静。捕到食物之后，它不会迅速把昆虫吃掉，而是慢慢让食物一步一步滑到它"猪笼"底部的口中。这样，它的食物就会源源不断地送过来。啊，这样不动声色的举动，真是让人赞不绝口！所以，名字里一定要有个沉着冷静的

"沉"字。

最后，就要说到猪笼草这种植物的智慧了。在猪笼草的"猪笼"上面是一个像圆盘的盖子，一旦有昆虫进入它的笼子里，它就会关上盖子。此刻，盖子就像一道关锁生命的门。盖子的大小形状和开口处的大小形状严丝合缝，盖得严严实实。我想，猪笼草具有这样独特的结构，一定是为了防止虫子钻空子逃生吧。猪笼草，你真细心！就是如此聪明的我，也想不到这么多的好点子。所以，你的名字里还要有个智慧的"智"字。

哈哈！猪笼草，我为你改名啦！人们再不会笑话你！请你接受这个我特意送你的新名字——孔沉智。